新編　剣豪小説集

梅　一　枝

柴田錬三郎

集英社文庫

梅一枝

目次

斑三平……9
不細工な容貌のため、縁談が持ち込まれることもなく、ひたすら剣の道に励む三平。あるとき飯盛宿の女に声を掛けた。「わしに惚れたら、女房にしてやろう」

狼眼流左近……43
むさくるしい陰気な兵法者は、相手の動きに対応してのみ動くばかりで、猛気の吶号にも、夕陽のまぶしさにも反応しなかった。それは魂の抜け殻に見えた。

一の太刀……71
塚原土佐守に見込まれ、養子となった小太郎(後の卜伝)は、石工が石を割るのを眺めていた。自分も試してみたが割れない。「わしには、石の目は、わからぬ!」

柳生五郎右衛門……109
「無刀の術」で勝つ。剣の真髄を極めようと精進した柳生宗厳。しかしその四男の五郎右衛門には世間は期待しなかった。「一人ぐらいは、凡庸なのも生まれる」

月影庵十一代……157
羽後の大庄屋の子孫の家に招待された売れっ子作家。怪しげな庵「月影庵」に案内されると、そこに泊まってみたいと言い張る。そこで夢見たものは——。

花の剣法……………………215
機転を利かせ、さまざまな困難をすり抜けてきた左馬助に、難問が降りかかった。大名屋敷に、侍女として入り込んだ女間者を見つけてほしいというのだ。

邪法剣……………………243
京に上った上泉信綱が、足利将軍義輝に語る奇妙な剣豪の話——、女を利用し、片方だけ高足駄を履いて邪剣を振るった男は、後年のあの名高い剣士だった。

梅一枝……………………269
どの流派の法形にも組み入れられない「三絃の構え」を編み出し、名を馳せた山口源吾。刺客を前に最後に手にとったのは剣ではなかった。

生命の糧……………………305
侍になりたい一心で、合戦に加わり、手柄をあげる機会を狙う茂平。戦い利あらず、森の中に逃げ込んだものの、兵糧が尽き、水が断たれると——。

解説　清原康正……………………331

新編　剣豪小説集

梅一枝

斑《まだら》 三《さん》 平《ぺい》

一

斑三平《まだらさんぺい》は、安中板倉藩士、刀番を勤め、三十石の微禄であった。その風貌は、下級武士にふさわしく、不細工であった。ひどく面積のひろい、角ばった蟹型《かにがた》の中央に、むっくりとだんご鼻が盛り上っていて、なんとなく、可笑《おか》しかった。

目はまた、面積に比べて、ひどく小さかった。のみならず、いつも焦点のぼやけているような褐色の眸子《ひとみ》をもっていた。

尤《もっと》も、その鼻も目も、眺めているうちに、愛敬のあるものに思われて来て、不細工乍《なが》ら、人に不快の念を与えることはなかった。

背丈は、まるで代々の家禄のように、斑家の伝統を受け継いで、せいぜい五尺一寸ぐらいしかなかった。肩がいかっているので、まさしく、四角なひろい面貌をのせている姿は、小児にさえも、ただちに、蟹を連想させた。

三十二歳になっていたが、いまだに、独身《ひとり》であった。いかに、醜男《ぶおとこ》でも、当人さえが、その気になれば、嫁をくれる家もないではなかったろう。げんに、厩支配《うまやしはい》を勤める家に、出戻り娘がいるが、どうだ、という縁談を持ち込まれたことがある。三平は、べつに理由は述べずに、ことわった。

その出戻り娘は、藩随一の醜男にことわられた憤りで、三日ばかり、絶食したそうである。

爾来《じらい》、三平は、縁談話とは、全く無関係な存在にされてしまっている。

醜男乍ら、ほかに何か取柄があるというのならば、それはそれでよろしかったろうが、竹刀を持たせても、一向に天稟《てんぴん》らしいものはなかった。第一、三平は滅多に道場などに、姿を見せたことがなかった。たまに、道場に現われても、殆《ほとん》ど、片隅に坐って、皆の稽古ぶりを眺めているだけであった。物好きに、所望する者があって、三平は、はじめて、腰を上げたが、絶対に激しく打ち合うことをせず、にげてばかりいた。

「近頃、参喜寺の境内で、真夜中に、和尚と立ち合うている者があるが、三平らしい」

という噂が起って、三平は、たしかめられたが、

「とんでもない。それがしは、それがしの身の程を心得て居り申す」

即座に、うち消した。

参喜寺の住職も、否定した。この住職は、雲水で、どこからともなく流れて来て、無住になっていたその古寺に住みついたのである。ひどく取りつきにくい僧であったし、

どことなく陰惨な翳《かげ》をもっている様子なので、近づく者はなかった。

ただ、三平だけは、少年の頃から、参喜寺の裏手の古池に、釣り糸を垂れる習慣があったので、いつとなく和尚と口をきくようになっている模様であった。

釣りは、三平の父九郎右衛門の唯一の道楽であった。非番の日には、かならず、三平をつれて、九十九川に、出かけて行った。

卒中で殪《たお》れる前日も、九郎右衛門は、三平をさそって、九十九川のほとりに、腰を下した。本卦還《ほんけがえ》りして、隠居していたが、まだ五十そこそこにしか見えなかった。

息子よりも、すこしましな風貌をそなえていたが、一生なんの取柄もなさそうに、くらして来た人物であった。

その妻は、三平を生むとすぐ、逝っていた。九郎右衛門は、その後一度も、妻帯せず、三平を、おのれの手ひとつで育てて来た。

父と子が、仲よく肩をならべて、釣り糸を垂れる景色は、微笑《ほほえ》ましい筈であったが、眺める人々の目に、なんとなく滑稽なものに映ったのも、これは、あまりに父子の風貌と性格と行動が似すぎているせいであった。

「父上」

流される浮子《うき》を、目で追い乍ら、三平が、云いかけた。

「父上もやはり、孫の顔を見たいとお思いですか？」

九郎右衛門は、その時、浮子が、びくっと沈んだので、ぱっと竿をはねあげた。

「や、餌をとられ居ったわい」

しかし、べつにくやしそうでもなく、

「何か申したか、三平？」

「はあ……。父上が、もしかすれば、孫が欲しゅうはなかろうか、と思ったものでございますから……。そんなことを、おたずねしました」

「お前の嫁に、絶世の美女が来てくれるわけがあるまいの」

「はあ――」

「されば、釣り合いのとれた醜女《しこめ》が参れば、お前よりさらにみにくい顔をした孫を、わしは、抱くことになる」

「…………」

「あまり、いい図ではないであろう」

「左様でございますな」

「まあ、やめておけ、しかし、お前も三十になったのであれば、その方面の欲求もさかんであろうな」

「いえ、べつに……」

「かくすな、毎夜、参喜寺へ出かけて行って、和尚対手《あいて》に、木太刀をふりまわしているのは、精気を散じるためであろう」

「………」

「女を抱きたいのは、男の本能じゃ。……しかし、女は、ばかな生きものよ。軽薄な才子型の、男前の者どもに惚れて、妻になりたがる。お前のような醜男に惚れると、ほんとうの幸せが得られるものをのう」

「………」

「三平、気永に待って居れい。もしかすれば、お前に惚れる女があらわれるかも知れぬぞ」

「ございましょうか？」

「不幸な女をさがしてみい。筆紙にしがたいような不運に遭うた女をな――」

九郎右衛門は、その言葉をはからずも、遺言にした。

二

三平の振舞いに、すこしずつ、変化が見られるようになったのは、それから一年ばかり過ぎてからであった。

六代もひき継がれていた屋敷を売りはらって、城下でもいちばん下層の貧民が住んでいる一廓に移ったのも、そのひとつであった。のみならず、乏しい懐中から、貧家へほどこしものをし、垢まみれの子供たちを集めて、手習いをやりはじめていた。

六月、土用干の日に、板倉家秘蔵太刀の一振りの赤銅の鍔《つば》に、ほんのわずかな錆がみとめられた。刀番としては、落ち度を咎《とが》められても、申し訳ができない。

拝観者が多勢あつまった席上で、発見者の番方が、大声で、三平を、面責した。

すると、三平は、俯《うつむ》いたままで、

「このお太刀は、御主君が、いざ合戦の際に、お腰に佩《お》びられるお品なれば、この鍔はいずれおとり換えに相成るものと存じ、そのままにいたしておきました」

と、こたえた。

「黙れ！　合戦に佩びられるお品なればこそ、手入れも入念にいたさねばなるまいが！」

「では、早速にも鍔をおとり換え下さいまするよう、願い上げます」

「三平！　増上慢の一言、ゆるせぬぞ！」
二、三の藩士が、血相をかえて、三平をにらみつけた。
師範役の矢立総兵衛が、なかに入って来て、三平にいかなる存念で、その暴言を吐いたか、と訊ねた。

「赤銅の鍔は、時として、斬り落されるおそれがあり、実戦においては、これを用いず、ときおよびます」

三平は、こたえた。

矢立総兵衛は、冷笑した。

「お主は、刀の闘いは、鍔をもってなす、と心得て居るのか？」

一同は、どっと、嗤《わら》った。

三平は、俯いて、なんの言葉もかえさなかった。

その夜、矢立総兵衛は、三平から、「柳生流新秘抄別録」という一冊を届けられた。中ほどに、こよりがはさんであった。そこを抜くと、次のような流祖柳生石舟斎宗厳《やぎゅうせきしゅうさいむねよし》の逸話が記されてあった。

或る日、一人の若い士《さむらい》が、宗厳をたずねて来て、近日中に父の敵を討とうとする者であるが、武術の稽古が足らず、必ず敵を討つ自信がなく、むざむざ返り討ちに遭うては、親の恥を増すようになり、決して敵を討っておのれは生きながらえようとは露ほども思わず、せめてはおのれも死すかわりに、敵も討ちたいと存じ、御教示賜わりたい、と嘆願した。

宗厳は、頷《うなず》いて、

「剣法というものは、いろいろあって、一朝一夕で学ぶことは叶わぬ。しかし、事が明日に迫っては、やむを得ぬ。ひとつの秘法をさずける。これは刀盤《つば》の法、という。……

刀鋒《きっさき》を以て人を斬る者は敗れ、刀盤を以てする者が勝つ。この一語を忘れないでもらいたい。刀鋒で、人を斬ろうとすれば、刀が、敵に届かずに、かえって、わが身が斬られる。刀盤を以て敵を突き仆《たお》すなり、撃ち砕くなり、要するに、おのが鍔をもって敵の体にたたきつけさえすれば、美事に勝つ、と思うがよい」

と、告げた。

翌日、その若い士は、敵と闘い、おのれも斬られたが、首尾よく対手を討つことができた。

矢立総兵衛は、この逸話を読んで、三平がただの昼行燈《あんどん》ではなく、相当の識見をそなえていることを知った。

——おそらく、三平が、参喜寺の雲水について、剣を学んだという噂は、事実であろう。

そう思った。

しかし、総兵衛は、このことは、誰にも、洩《も》らさなかった。

三

「三平が、中宿の飯盛宿《めしもりやど》の女に迷うて、かよっている」

という噂が立ったのは、それから半年ばかり過ぎてからであった。

「お主、飯盛に惚れた、というが、味はいかがだ」

城中で、正面から、そう訊ねられた三平は、否定するどころか、にこにこして、

「飯盛も、女でありますれば……」

と、こたえた。

問うた者は、あまりに、三平の笑顔が、明るく、大らかなので、かえって、むかむかした。

「お主、藩士として、はずかしゅうはないのか！」

と、なじった。

「べつに、はずかしくは、ありませぬな」

「飯盛は、雲助人足のたぐいが買う、最下等の女郎だぞ！」

「もとより……、が、べつに、飯盛になりたくて、なった女は、居りますまい」

「女郎の身の上の詮議をいたして居るのではない。そのような最下等の女を買っている藩士の面目はいかがなものか、と問うて居る！」

「それがし、もはや、三十三歳でありますれば、好もしい女性《にょしょう》が居れば、妻帯つかまつる。お手前様は、御家老のご息女を娶《めと》られて、まことにご満足のていとお見受けいたします。それがしも、あやかりたいと存じますれば、何卒《なにとぞ》好もしい女性をおさがし下さ

れ」

「好もしい女性だと！　お主、女房を選りどりするつもりか？」

対手は、あきれはてたという表情になった。

「生涯の伴侶にいたすのでありますれば、それがしでなければ、どうしても、いやだ、というくらい、身も心も捧げてくれる女性なれば、決して、こばみはいたさぬ」

「ばかな！」

「なぜでござろうか。それがしは、その女性を、幸せにいたす自信があります。……お手前様は、それがしに惚れる女など、居る筈がない、とお思いでござろう。それが、居ったのでござる」

「飯盛か？」

「左様、身も心も捧げてくれて居り申す」

「たわけて居る！」

「藩士の面目にかかわると申されるなら、ほかに、良家の子女を、おさがし下されるか？」

三平は、笑い声をのこしておいて、座を立って行った。

――ちと、云いすぎたかな。

反省したが、すぐ、

――いや、おけいは、本当に、わしに惚れてくれて居る。おけいのためにも、わしは、嘘をつかぬ方がよいのだ。

と、心の裡《うち》で、呟《つぶや》いていた。

おけいという飯盛は、三平が教えている貧家の少年の姉であった。酒乱の父親に、売りとばされたのである。

三平が、その困窮した人々の住む地域に移った頃、おけいは、一度、わが家ににげかえったことがある。

弟から、そのことをきいた三平は、金を作って、飯盛宿へ出かけて行き、前借を支払ってやったのであった。

その時は、父親は、おけいをつれて来て、泪《なみだ》を流して、お礼を云ったものであった。

しかし、所謂《いわゆる》酒乱の徒が、改心する筈はなかった。二月も経たないうちに、父親は、また、おけいを売りとばして、飲み代にしてしまったのである。

三平は、こんどは、父親の許《もと》へつれもどさず、どこかへ奉公に出してやろうと考えて、再び、請け出しに、中宿へ出かけて行った。

ところが、おけい自身が、これを断わったのである。

「あたしは、もう、かたぎの家に奉公できる女じゃないんです。かくして、奉公しても、判ってしまいます。追い出されるにきまっているし、追い出されたら、また、こういうところへ、舞い戻るよりほかはないんです。第一、もう、あたしは、下女仕事なんか、面倒くさくて、がまんできやしない。すてておいて、もらった方が、いいんです」

　そう云われてみると、その通りなので、三平は、いったん、かえって来たが、また四、五日して、出向くと、いきなり、

「そなたは、しかしまだ、男に惚れることはできるじゃろう？」

　と、訊ねた。

　なんのためにに、そんなことをきり出すのか、とけげんに見かえすおけいに、三平は、にこにこして、

「ひとつ、わしに惚れてみぬか」

　と、云った。

「わしに惚れたら、女房にしてやろう」

「からかわないでおくれ！」

　おけいは、叫んだ。

「わたしだって、女なんだから、いちどは、人の女房に——どんな性悪の男の女房にでもいいから、なってみたい、と思うよ。そんな、女のよわいところを、からかうなんて、あんたは、雲助よりも、意地悪だよ！」

「まあ、おちつくがよい。わしは、本気だ……。お前が、人の女房になりたいように、

わしも、妻が欲しい。しかし、妻には、惚れられたいのだ。わしの醜い顔や、むさいくらしぶりをさげすむような女は、こちらからご免を蒙《こうむ》りたい。ありのままのこのわしに惚れて、満足してくれる女がいるのならば、是非めとりたい。お前では、いかがであろうか、と思うてな」

この言葉は、おけいに、名状しがたい感動を与えた。

しばらくは、痴呆のように、黙って、三平の顔を、じっと瞶《みつ》めていたが、不意に、畳に俯《うつぶ》して、慟哭《どうこく》した。

おけいは、はじめて、じぶんを人間として遇してくれる男に出会ったのである。

おけいは、しかし、その言葉だけを、ありがたくもらった。飯盛を妻にしたことが評判になれば、もしかすれば、三平は、致仕しなければならぬはめに追い込まれるかも知れなかった。

もとより、三平は、浪人を覚悟した上で、おけいをくどいたのである。

おけいから、逆に、さむらいというものの心得をさとされて、三平は、やむなく、妻にすることは、あきらめた。しかし、もうその時は、三平は、この女に惚れている自分を発見していた。

その夜、はじめて、三平は、おけいによって、女を知った。おけいの方も、はじめて、女のよろこびを知ったのである。

四

正月二日、全土の各城の馬場で、重臣たちの子弟によって、乗馬初めの式が、行なわれるのは、ずっとむかしからの、しきたりであった。

馬見所には、定紋を染め出した幕をひきまわし、屛風《びょうぶ》を立てて、もし、主君在城ならば、着座がある。
十二、三歳以上の若者たちが、熨斗目《のしめ》小袖に、麻上下をつけ、金銀梨子地の鞍《くら》にまたがって、日頃の馬責めの成果を披露する。馬術には、流派が多く、流派にしたがって、馬具も別であった。
板倉藩では、この乗馬初めの式後、家中の士たちが紅白六名ずつにわかれて、剣道の試合を催すならわしがあった。娯楽のすくない田舎の家中のことであるから、この催しは、もう秋を迎えた頃から、話題にのぼっていた。

選ばれた士の名と、組み合せの公示は、城中において元旦の式礼ののちになされた。

この年、不運にも、その元旦の夜に、選ばれた一人が、今日でいう急性肺炎で仆れて、欠員になった。そして、当日、試合開始直前になって、斑三平が加えられる、と発表されて、家中一統は、ざわめいた。師範役矢立総兵衛が、ふと思い出して、是非に三平を出場させたい、と申し出たのである。

三平は、実は、その瞬間まで、知らされていなかったので、狐につままれたような顔つきになった。

——どういうのであろうか。

という風に、まわりを見やった。

その様子が、いかにも怯《お》じ気づいているように、人々の目に映って、いまいましげに舌打ちする者もあった。

三平は、周囲の目が、露骨に冷たいのを感ずると俯いて、

——よわったぞ。

と、思った。

しかし、指名された以上、辞退するわけにいかなかった。

——やむを得ぬ、遠慮すまい。

三平は、ほぞをかためた。

やがて、紅組の五番手として、進み出た三平は、二名を抜いた白組三番手の相川茂兵衛と、対峙した。

まだ十九歳の茂兵衛は、あきらかに、三平を、のんでかかった。鎧袖《がいしゅう》一触の意気であった。

構えるやいなや、茂兵衛は、左手から得意の横面撃ちをとばした。三平が、無造作、というよりも、はじめから敗れるのがきまっているとあきらめたように、だらりと竹刀を、地摺《じず》りにとっていたからである。

唸《うな》りをたてて襲って来た旋回刀を、三平は、ひょいと首をすくめて、頭上に流しただけであった。すくなくとも、人々の目には、そう映った。地摺りに下げた竹刀は、そのままであった。

にも拘《かかわ》らず、茂兵衛は、むなしく宙を薙《な》いだおのが竹刀に、重心をうしなって、くるっと、三平に背中を向けると、とっとと、三、四歩よろめいて、膝を折ってしまった。

茂兵衛ののどを突いた三平の竹刀の迅《はや》さは、文字通り目にもとまらなかったのである。

場内は、唖然とした沈黙で占められた。

次に出た白組四番手は、菱山衆吉という藩随一の魁偉《かいい》の徒士頭《かちがしら》であった。

向かい立つや、衆吉は、直立上段にとった。巌のように、おのれを巨大にみせる威嚇の構えであった。

これは仕太刀であるから、三平の方から、誘わなければならなかった。

同じ地摺りにかまえた三平は、すうっと、水平に、挙げた。

瞬間、

「ええいっ！」

もの凄い気合を迸《ほとばし》らせて、衆吉は、三平の脳天めがけて、撃ちおろした。

人々は、その猛打が、正確に、三平の頭上へ落ちるのを、みとめた。

ところが、どどっと、のけぞったのは、衆吉であった。

ぶざまに、衆吉の巨軀がぶっ倒れるさまを、人々は、全く納得しがたいものに、見た。

三平は、依然として、竹刀を、水平にさしのべていたにすぎなかったからである。

衆吉が、自身の力で、起き上れずに、三、四名にかつがれて、退場して行ったのは、なんとも醜態のきわみであった。

白組五番手青木清吾もまた、無慚《むざん》に、突き倒された時、場内には、異常な緊張がみなぎってしまった。

枯芝上に、一人、ひょこんと立っている三平の、不格好な姿が、いまはもう、かえって小面憎《こづらにく》くも、犯しがたい威力を湛《たた》えているものに、人々の目に映っていた。

このような奇怪なことは、あり得ない、と思われるのだが、まさしく、現実に、目の前で、奇蹟はおしすすめられているのであった。

弱かった者が、突如として、無敵の強さを発揮している――そういった驚きが、一同の心に起っていたという次第ではない。

どだい、三平という存在は、軽蔑すべき以外の何者でもなかったのである。その男に、

「どうだ、ざまをみろ」

とあざけり返されている不快の念が、さきに起っていたのである。

三平が、今日まで、おのが業前《わざまえ》をひたがくしにしていたことも、許し難かった。

人々は、白組首将吾孫子《あびこ》利太郎が、三平を、襤褸切《ぼろきれ》のように、地べたへたたきつけてくれることを祈った。

利太郎は、昨年まで、在府して、斎藤弥九郎《さいとうやくろう》の神道無念流《しんとうむねんりゅう》道場にかよい、十指のうちにかぞえられる高弟となっていたのである。

一昨年――文政十三年春、利太郎は斎藤道場に、吾孫子利太郎あり、と一躍名を挙げる目ざましい活躍をしていた。

当時、江戸には、斎藤、千葉《ちば》、桃井《もものい》と、三大道場が鼎立《ていりつ》していた。

このうち、桃井春蔵《しゅんぞう》は、八丁堀に、鏡心明智流《きょうしんめいちりゅう》の道場を構えていた。八丁堀というところは、江戸っ子の中でも、最も鼻柱のつよい江戸っ子たちが住んでいて、田舎兵法者が道場を構えやがったから、ひとつ対抗してやれと、わざと、その向かい側に稽古所を設けて、なんの流儀ともない滅茶滅茶な稽古をはじめた。

桃井春蔵は、門弟を遣わして、そのような稽古のしかたではいつまで経っても上達しない、こころみに、当道場の高弟と立ち合ってみるがよい、三百本に一本も当るまい、と云わせた。

「くそくらえ！　何をほざきやがる！」

いきりたった江戸っ子たちは、十名ばかり、乗り込んで行ったが、孰《いず》れも、百本に一本も当らず、さんざんの敗北をくらって、ひきさがった。

しかし、このまま、泣き寝入りするのは、業っ腹なので、飯田町の斎藤道場を、たずねて行った。

神道無念流は、戸ケ崎熊太郎《とがさきくまたろう》の高弟岡田十松《じゅうまつ》が名人と称《い》われて、江戸一番の大道場を構えていた。二代目十松もまた、父の名をはずかしめぬほどの腕前を持っていたが、女色におぼれた。そこで、先代の一番弟子斎藤弥九郎が、あとを引き受けて、恩師の次男庄蔵、三男十五郎を後見して、道場を、むかしの繁昌にもどしたのである。

江戸っ子たちの申し込みに応じて、杉山大助と吾孫子利太郎が、対手になってみて、

「この腕前では、桃井道場で、百本に一本もとれはせぬ」

と、判定した。

江戸っ子たちは、斎藤弥九郎に乞うて、自分たちの稽古所へ、高弟の一人を遣わして頂けまいか、と嘆願した。彼らと桃井との経緯《いきさつ》を知らぬ弥九郎は、こころよく、承知して、杉山大助を遣わした。

桃井道場では、これを知って、憤った。

「当道場に敗れた以上、入門するのが当然であるにも拘らず、故意に、斎藤道場から師範を招くとは何事であるか」

不埒《ふらち》至極な振舞いである、と厳重な抗議をした。

この争いが、もつれて、ついに、神道無念流と鏡心明智流が、雌雄を決することになった。

場所は、浅蜊《あさり》河岸にきめられた。

弥九郎は、一門三百八十余名のうちから、父母妻子の係累のない者十二名を択《えら》び出した。この中に、吾孫子利太郎も加えられた。

この日、戦士たちは、深編笠、割羽織、馬乗袴《うまのりばかま》のいでたちで、一門にとりかこまれて、進んで行った。

浅蜊河岸に組まれた矢来の中には、すでに、桃井道場側は、さきに到着していた。

試合は、十本勝負ときめられ、必死の闘いが行なわれた。

結果は――。

第一番
無念流・吾孫子利太郎（八本勝）
明智流・千里兵助（二本勝）

第二番
無念流・杉山大助（八本勝）
明智流・石田吉次郎（二本勝）

第三番
無念流・権田新五郎（七本勝）
明智流・田口十兵衛（三本勝）

第四番
無念流・城一相馬（十本勝）
明智流・土屋喜太郎（無シ）

第五番
無念流・吾孫子利太郎（九本勝）
明智流・石田吉次郎（一本勝）

第六番
無念流・杉山大助（十本勝）
明智流・森正作（無シ）

以上のごとく、斎藤道場側の圧倒的な勝利であった。

このうち、吾孫子利太郎は、敵二名とたたかって、十七本をとっている。

日が昏《く》れたために、試合は中止されたが、もし、翌日続行されていたとしても、斎藤道場側の勝利におわっていたに相違ない。

この試合は、前代未聞のこととて、江戸中の評判になり、藤八拳をやっても、

「勝てば斎藤、負ければ桃井」

などと、はやされた。

吾孫子利太郎が、安中へ帰るや、家中あげての歓迎ぶりは、大変なものであった。

五

誰人も、吾孫子利太郎の勝利を疑わなかった。

ただ、異常な迅業《はやわざ》を備えている三平を、どういう豪快な撃法で、倒すか——その興味が、場内の雰囲気を殺気だつまでに盛りあげたのであった。

利太郎は、ゆっくりと歩み出た時から、一礼を交わし乍らも、三平の視線をとらえて、一瞬も、はずさなかった。

利太郎は、三平の迅業を、一刀流《いっとうりゅう》の古法「隠れ突き」と看《み》た。これは、もはや、何処の道場にも見られない古法であった。

三平は、おそらく、この「隠れ突き」だけを一心不乱に学んだものに相違なかった。他の技は知らぬであろう。

利太郎は、三平が茂兵衛に勝った時から、これに処する如何なる業があるだろう、と思案しはじめて、なお、合点し得ていなかった。

もはや、間髪の間の、無想の働きがあるばかりであった。

ぴたっと、青眼にとった利太郎は、依然とした三平の地摺りに対して、目に見えぬ程度の速度で、間合を詰めはじめた。

三平は、それに応じて、退《さが》りはじめた。

利太郎は、その前進をしだいに、はやめた。三平も、退却をはやくした。

直線を移動するごとく、この動きは、停止することなく、つづけられた。

利太郎は、ついに、三平を、幔幕際《まんまくぎわ》まで追いつめた。

人々は、そこで、利太郎が停止するものと思った。

利太郎は、とまらなかった。

したがって、三平は、吸い込まれるように、幔幕の中へ、身を容《い》れた。

はじめて、利太郎は、ぴたりと停止するや、しずかに、しずかに、竹刀を、上段に挙げた。

それにつられるように、三平の竹刀も、水平に挙げられた。

「えいっ！」

総身の力を、その懸声にこめて、利太郎は振り込んだ。

刹那、幔幕が、わずかにゆれた。

三平の竹刀は、落下して来た利太郎の竹刀の中ほどを、突然白刃のごとく、突き刺していた。

撃った利太郎の力と、突き上げた三平の力が、完全に、力点を合致させたのである。

その宵もまた、三平は、昼間の試合など、忘れさったような顔つきで、中宿の飯盛宿へ出かけて行った。

おどろいたことに、三平が吾孫子利太郎とひきわけた噂は、もう中宿にもとどいていて、おけいは、部屋に入るや、

「うれしい！」

と、叫んで、三平にとびついた。

「強いのねえ、あんたは、強いのねえ！」

なんども、感嘆の声をくりかえしてから、

「わたし、死んでもいい！」

と、三平の腕の中で、滅茶滅茶に、身もだえした。

三平は、もてあましながら、

――試合に勝って栄誉をもらうよりも、この女を抱いていた方がいい。

と、胸の裡で、呟いた。

実は、試合場で、つぎつぎと勝ち乍ら、おけいがきいたら、よろこんでくれるだろう、

と思っていたのである。

六

三平が、中宿の、その飯盛宿で、あやまって、五郎左という雲助を殺したのは、初午《はつうま》の宵であった。

五郎左は、博奕《ばくち》で儲けた金で、おけいを請け出そうとしたのである。おけいが、それをこばみ、争いになっているところへ、三平が、入って来て、五郎左をとりしずめようとすると、匕首《あいくち》をかざして突きかかって来たので、やむなく、投げとばした。五郎左は、おのが手で、おのれの脾腹《ひばら》を刺して、こときれてしまった。

破落戸《ごろつき》いっぴき殺したことなど、大した罪ではなかった。

いけなかったのは、その日が、先君板倉伊予守《いよのかみ》の祥月命日にあたっていたことである。家臣全員が、その墓前に香華をささげたのち、一日身をつつしんで過ごすべきにも拘らず、娼婦を買ったばかりか、殺人を犯したとなれば、その咎は大きい。

三平は、しかし、おけいには、

「心配することはない。一月ばかり謹慎すれば、済むことだ」

と、云いのこした。

わが家に戻ると、貧者たちを集めて、調度什器衣類いっさいを、わかち与え、また、手もとにある金子《きんす》を、そっくり、おけいに贈る旨、遺言状をしたためておいて、切腹の用意をととのえた。

しかし、その夜は、城中から、何の沙汰もなかった。

翌朝はやく、玄関に立ったのは、吾孫子利太郎の家の中間《ちゅうげん》であった。

「あるじより、これをお渡し申して参れ、と命じられましてございます」

と、さし出された封書が、左封じであるのをみとめて、三平は、頷いた。

この決闘状は、利太郎の好意であった。

三平に詰め腹を切らせるよりも、自分の手で、一刀流古法「隠れ突き」を破ってみたい、と申し出たに相違なかった。

切腹申し付けの下命を一日のばして、そのあいだに、決闘状をつきつけることを、重臣たちに黙許してもらったのである。

三平は、微笑して、

「委細承知いたしたと、ご返辞下され」

と、中間に云った。

利太郎と三平の決闘は、翌朝はやく、参喜寺に於いて、とり行なわれた。

その約束の時刻より半刻《はんとき》はやく、暁闇《ぎょうあん》の中を、三平は、参喜寺に入って、庫裡《くり》にやすんでいる和尚を起した。

「朝はよう、何事じゃな?」

「あと半刻いたしましたなら、吾孫子利太郎殿と、この境内で果し合いをいたします」

ここを場所に指定したのは、利太郎の方であった。

「ほう……、ひきわけたのを遺憾とする真剣勝負かな?」

「いや、そうではありません」

三平は、くわしく、このたびの出来事を語って、いわば上意討ちである、と告げた。

和尚は、しばらく、黙って、三平を見据えていたが、

「討たれる存念か?」

と、問うた。

「むざとは、討たれません。和上より学んだ業の至極をつくします」

三平は、こたえた。

「さすれば、たぶん、お主が、勝つじゃろう」

「それは、わかりません。対手は、斎藤道場の逸足でありますから、それがしの隠れ突きを破る工夫は成って居りましょう」

「お主の隠れ突きは、もう、このわしでさえ、破れぬぞ」

「それがしは、紅白試合に於いて、吾孫子殿に、幔幕ぎわまで追い詰められた時、もはや破れた、と思いました」

「ははは……、かくすな、三平。お主は、わざと、まっすぐに、退ったであろうが」

「…………」

「ひきわけようと、考えたからだ。吾孫子利太郎の方も、お主の考えを看破って、わざと、追い詰めた。そうであろう」

「…………」

「まあ、よい。上意討ちであろうが、なんであろうが、試合は試合じゃ。おのれの力の限りをつくすがよい」

「ひとつ、お見とどけの程を――」

「うん、拝見しよう。……ところで、三平」

「はあ、なにか……？」

「お主は、やっぱり、女に惚れられてはならぬ男であったようじゃな」

「そうでしたな」

三平は、苦笑した。

醜男は醜男らしく、童貞をまもっていればよかったのである。

「しかし、和上、それがしは、べつに、悔いては居りません」

「それはそうであろう。たとえ、飯盛であろうとも——いや、飯盛であるだけに、お主に、惚れた心に、みじんも不純なものは混って居らなんだじゃろう。男冥利につきる、と申してよいな」

三平は、別れぎわのおけいの泪顔を、思い出して、和尚の云う通りだ、と思った。

旨《うま》い茶をふるまわれて、三平は、跣足《はだし》で、境内へ出た。

待つほどもなく、利太郎が、あらわれた。

すでに、白鉢巻をしめ、羽織をすてると、革襷《かわだすき》を、あやどっていた。

静寂は深く、両者が踏む落葉の音だけが、微かに鳴った。

大地の吐く薄靄《うすもや》が、うごくともなく、うごいていた。

九尺をへだてて、対峙すると、三平は、頭を下げ、

「御厚志、お礼の申し上げようもありませぬ」

と、云った。

利太郎は、それにこたえず、

「お手前が勝たれたならば、そのままに、お立ち退《の》きあれ。追手は参らぬ」

と、告げた。

「忝《かたじけ》ない。……では、ご存分に——」

「もとより——」

両者は、互いの目を、鋭く瞶め合った。

孰れをはやく、孰れをおそしともせず、二刀は、全く同時に、抜きはなたれた。

三平は、地摺りに。

利太郎は、青眼に。

それなり、二個の立像は画裏に入ったように、微動もしなかった。

利太郎は、人一倍大きい双眸《そうぼう》を、炬眼という形容がふさわしく、かっとひきむいて、殺気を迸らせて、敵を灼いていた。

これに対して、三平は、小さな目を、さらにほそめて、光らしい光さえも放とうとせぬ。

この相違だけでも、おのずから、業の会得が、異質であるのを、明らかにしていた。

その業に、優劣をつけるわけには、いかないのだ。

神道無念流は、肉を斬らせて骨を砕く豪剣を、平常の心得とする。大鵬のごとく、上段より、凄じい勢いで襲いかかって、微塵に打ち挫《くじ》く大わざが、流形の本旨である。

三平の学んだ古法「隠れ突き」は、全き無我の境に立ち、打ち太刀をすてて、懸るを待って、敵の微なるところを撃ち、幽なるところを抜く秘法である。

その異質の二法が、真剣をもって、再び相まみえたのである。

今日の時刻にして、およそ、二十分も過ぎたろうか。

利太郎が、すうっと、青眼から上段に、構えをかえた。三平は水平に挙げた。

そこで、さらに、数秒間の固着状態があったのち、利太郎が、すっすっ、と三歩、凍った大地を滑って、血に飢えた大業物《おおわざもの》の一颯《いっさつ》圏内へ、三平の小軀を、容れた。

三度、不動の秒刻が、移って――。

「やあっ!」

虚空を裂いて、無念流の豪快な一撃が、三平の頭上、まっ向へ落ちた。

この一瞬をはずさず、

「喝《か》っ!」

三間をへだてた老杉《ろうさん》の蔭から、凄じい一喝が飛んだ。

その一喝に、「隠れ突き」の迅業を封じられた三平は、なすすべもなく、右肩からぞんぶんに斬り下げられて、がくっと、傾いた。

利太郎が、一間あまりさがると、和尚は、老杉の蔭から姿をあらわして、しずかに歩み寄ると、三平を、かかえ起した。

三平は、和尚の顔を、ひらこうとする瞳孔に映して、

「……それがしの、ねがいを、おきき、下されて……、千万、ありがたく――」

と、もらして、むりに微笑もうとしたが、もうそれは、叶わなかった。

それから、十日ばかり後。

九十九川と碓氷川の交流する中宿の浅瀬に、女の投身体が浮いた。飯盛宿の女おけいであることが、判明すると、事情を知るごく少数の者たちは、しめやかな気分になった。

おけいは、懐妊していた。

狼眼流左近

一

四月の初卯《はつう》には、諸国には、稲荷《いなり》祭が催される。この稲荷祭の中で、最も盛んであったのは、伏見の稲荷社であった。

しかし、京洛《けいらく》が戦乱のちまたと化してからは、乞食祭という汚名を負うようになった。五座の神輿《みこし》が、祠《ほこら》を発して、伏見街道を経て、五条より九条まで渡御する間に、撒銭《まきせん》をひろおうとして、無数の乞食が、行列にたかったからである。

この日、人出をねらって、多くの見世物が、街道や鴨磧《かもがわら》で、客を呼んだ。

その中に、奇妙な見世物ひとつが、鴨磧に、現われた。

堤の下に三方に葦簀《よしずがこ》囲いをして居り、ひらいた一方は、川に面しているので、中を覗《のぞ》くためには、斜面から降りて行き、水の中へ入って、まわってみなければならなかった。尤《もつと》も、流れをへだてた対岸からは、遠く眺めることができたが、囲いうちには、なにやら、華やかな衣裳をつけた女人がいるらしいが、さだかではなかった。

通行人たちを、さわがせ、ひと目でも、囲いうちを覗いてみたいと、好奇心にからせたのは、斜面の中ほどに立てられた高札であった。

記

此処につなぎ置きし女儀、不義を働きしに依《よ》って、三日間曝《さら》したるのち、成敗いたすもの也《なり》。但《ただ》し、女を救いたく思い立ちたる仁これあるに於ては、金子《きんす》十貫文を相添え、お申込みあれば、真剣の勝負に応ずべく候《そうろう》。

尚《なお》、曝し者の見物勝手たるべし。

月　日

人面狼《ろう》之《の》助《すけ》　敬白

この時代は、おのれを売るために、兵法者がコケおどかしな剣名をつけるのが流行していたが、「人面狼之助」とは、人を食って居り、且《かつ》いささか薄気味わるく感じられる。

わざと、囲いうちが覗きにくいしかけにしているのも、好奇心をあおる効果があった。

小ずるく、上流に舟を寄せて来て、乗り賃をとって、見物させる奴が現われて、たちまち、舟を満員にさせた。

法外な乗り賃を出したが、囲いうちを覗いた人々は、それを惜しいとは思わなかった。

そこにつながれた女性《にょしょう》は、美しく化粧し、大海松《おおみる》の衣裳に、被衣《かつぎ》をはおり、一瞥《いちべつ》嘆声を放たしめる上﨟《じょうろう》だったのである。

細く高く通った鼻梁の気品は、庶民の間からさがし出せぬものであった。曝しものであるからには、むざんに頭髪も衣服もみだして、成敗の恐怖に生きた色もなくうなだれている光景を想像していた人々は、いよいよ、わけのわからぬ思いをさせられた。

たしかに、女は、立てられた太い丸太に、双手《もろて》をくくりつけられていた。高札に書かれてある通りの曝しものであることには、まちがいはなかった。

しかし、典雅な容姿には、みじんも、うちひしがれた気色はみえなかった。いや、むしろ、曝されていることなど、いささかも恥辱として居らぬげに、すずやかな眼眸《まなざし》をまっすぐに川面へ送って、舟の人々が好奇の視線をそそいでも、眉毛一本動かさなかった。

女のななめ後方に、葦簀《たいしょてき》に凭《よ》りかかるようにして、一人の男が、坐っていた。

これはまた、女と対蹠的に、薄ぎたない身装《みなり》であった。着のみ着のままに、山野に寝起きして、洗いざらしたら、こういう色になる、とみえる薄鼠色の小袖を着流していて、顔の半面は髯《ひげ》で掩《おお》われて居り、蓬髪《ほうはつ》は埃《ほこり》にまみれている。

目は伏せられ、膝に掛けた長剣の鞘《さや》に落したまま、身じろぎもせぬ。まことに陰気な、獣の臭気でも発散しているような兵法者であった。

人面狼之助とは、自らの姿を川面にでも映して思いついた名前であろう。

舟が行きすぎようとすると、男は、俯向《うつむ》いたままで、

「見世物には、鳥目《ちょうもく》を投げるのが、作法であろう」

と、言った。

「それは、そうだ。わしだけが、乗り賃をもろうては、申しわけない」

船頭が大声で、見物人にきかせた。

びた銭が、バラバラと、囲いうちに投げ込まれた。

二

噂はたちまちひろがり、舟に乗ろうと、見物人の行列が、磧につくられた。

「これは、新手の商法じゃな」

船頭は囲いうちの男女と共謀《ぐる》である、と看《み》てとった商人もいた。

舟が、その前を往《ゆ》き復《かえ》りするうちに、囲いうちの地べたには、みるみるびた銭が、いちめんに散らばったのである。男は、べつに、それらをひろい集める様子もなく、身じろぎもせずに坐りつづけている。

女の方は、さも退屈そうに、時折りからだをゆすったり、かるいあくびをもらしたり

していたが、そのうちに、

「のどが、かわきました。水を汲んで来て下され」

と、男へ言った。

その口調は、男をいささかもおそれて居らぬことを示しているばかりか、いくらか目下の者に命ずるようなひびきがあった。

その態度から察するに、これがかりに商法であっても、食いつめた兵法者が、上臈を手ごめにして、妻にした挙句、その器量を利用しているとしても、どうやら、女の方に支配権がにぎられているかにみえる。

これは新手の商法じゃな、という舟から上って来た商人の言葉をききとがめたのは、高札を読んでいた大兵《たいひょう》の牢人者であった。

背に鎧櫃《よろいびつ》を負い、朱柄の長槍《ちょうそう》をついていた。

眉間の深い傷痕《きずあと》が、戦場往来の猛者《もさ》であることを示している。

主家を喪《うしな》って、上洛し、これから新しい主人でもさがそうとしているところであろう。見るからに目ざましい功名手柄を樹《た》てそうな偉丈夫であるが、衣服のよごれが、懐中の乏しさを物語っている。

牢人者は、商人に問うた。

「女は、美しいか？」

「それはもう……、由緒ある家柄の出とみえましたな。あるいは、姫君と呼ばれたおひとかも知れませぬて」

「柳の町へ売れば、いかほどになろうな？」

牢人者は、意外な質問を発した。柳の町、とは遊廓のことである。

商人は、牢人者の心底を読んで、薄ら笑った。

牢人者は、人面狼之助に勝負を申し込み、対手《あいて》を仆《たお》して、女を売ろう、というこんたんを起したのである。路銀が尽きたための苦肉の策である。

「黄金三十枚も手に入りましょうな。そのままの姿で、すぐに店へ出せる上﨟でありまするゆえ、かけあい次第では、五十枚ににも……」

「おぬし、もし、身共が女をわがものにしたら、柳の町へ売る手引きをしてくれるか？」

「お引き受けつかまつります」

「よし！」

牢人者は、斜面を降り、じゃぶじゃぶと水の中に入って、囲いの前にまわった。

「ここな高札の口上、しかと、まことか？」

「問われるまでもない」

狼之助は、俯向いたまま、こたえた。

牢人者は、女を視《み》た。

その美しさをみとめつつ、

「そなた、救うて欲しいか?」

と、訊ねた。

「わたしは、まだ美しい盛りゆえ……」

女は、ためらわず、おのれを誇ってみせた。

「救うたあと、柳の町へ沈めてもかまわぬか?」

牢人者は、正直者の率直なところを、口にした。

「この磧で、屍《しかばね》をさらすよりも、万人の男をよろこばせる方が、どれほど、うれしいか、申すまでもないこと」

女の返答には、よどみがなかった。

——稀な美婦だが、性根には毒がある。

牢人者は、合点すると、狼之助に向って、

「身共は目下浪々の身にて、路銀にも不足いたして居る。しかし、このせなの鎧は、道具屋に買いたたかれても十五貫文には相成ろう。これを立合代にいたすが、如何であろう?」

「承知した」

狼之助は、やおら身を起した。依然として、目を伏せたままであった。

三

磧に出た狼之助は、牢人者に、

「しばらく、お待ち願う。立合いの坊主を、呼んで参る」

と、ことわって、乞食の子供に、びた銭一枚くれて、

「歓喜寺の住持をつれて参れ」と、命じた。

待つあいだ、牢人者は、長槍をりゅうりゅうとしごいた。

久しく、髀肉《ひにく》の嘆をかこっていたとみえる。

やがて、乞食の子供をさきに立てて、磧へ降りて来たのは、ひどく醜男《ぶおとこ》の、跛の僧であった。小脇に、菰《こも》をかかえているのは、敗れて磧上《せきじょう》へ横たわる者のために用意したに相違ない。

狼之助とは、旧知の間柄であるとみえて、双方の間に立つと、狼之助へは目もくれず、牢人者へ、

「宗旨をうかがっておけば、回向《えこう》つかまつる」

と言った。

牢人者は、僧の不吉の言葉を、不快げにしりぞけた。

遠巻きに、磧と堤をうずめた人垣は、千をこえていたであろう。

牢人者は、充分の間合をとって、槍を構えた。

それに対して、狼之助は、いかにも力なげに摑《つか》んだ太刀を、ダラリと地摺《じず》りに下げているばかりで、これは、兵法を知る者にも知らぬ者にも、構えとは見えなかった。濁ったような眼眸は、ボンヤリと、おのが太刀の先に、落している。

「無用だ」

「こやつがっ！」

牢人者は、狼之助のあまりに奇怪な、こちらの構えを全く無視しているとしか思えぬ無礼な姿勢に、こころみに、戦場鍛えの凄じい一喝をあびせてみた。

反応はなかった。

これまで出会ったことのない、勝手のちがう敵を、これは決してあなどれぬ、と要心するだけの心得は、牢人者に、あった。

間合をそのままにして、牢人者が位置を変えたのは、目を伏せた敵に対して、折からの夕陽をあびせるためであった。

太刀と太刀の試合ではない。間合は、かなりの距離なので、牢人者の影法師は、狼之助の太刀にまでとどかぬ。夕陽は、狼之助が視線を当てている切先《きっさき》へ落ちる。狼之助が、その眩《まぶ》しさに、なんらかの反応を示すのではなかろうか、と牢人者は、考えたのである。

狼之助は、牢人者が位置を移すにつれて、身をまわしたが、夕陽をその切先にあびても、依然として、なんの変化も、みせなかった。

この上は、牢人者には、猪突しかなかった。

「行くぞっ！」

牢人者は、満身の猛気を、その呶号《どごう》にした。

戦場往来の槍業《やりわざ》は、まず、敵を威圧し、ひるんだところを、猛然と突き仆す。それだけの業なのである。したがって、槍の繰りかたよりは、いかに、豪快な勢いで敵を威圧するかに、重点がかかっている。

ところが、このむさくるしい陰気な兵法者は、傀儡《くぐつ》のように、牢人者の動きに対してのみ、おのれも動いてみせたばかりで、その双眼を使おうとはせず、猛気の呶号にも、耳を貸そうとはせぬのだ。

その五体は宛然《さながら》魂の抜殻かともみえる。

牢人者は、苛立つや、

「おーっ！」

と、勇叫《おたけ》びしざま、狼之助の太刀を——その切先を、長槍の穂先で、はねあげざまに、だっと、突きかけた。

瞬間——。

狼之助の痩身が、弾《はじ》かれたように、宙へ跳びあがった。

「う——むっ!」

牢人者は、突き損じた槍を、横へ、ひと薙《な》ぎしようと構えたが、——その刹那、宙のものとなった狼之助の双眼から、らんらんと放たれる凄じい光をあびて、総身が硬直した。

狼之助が、地に降り立った時、牢人者の咽喉からは、鮮血が噴いていた。

千余の見物人の口からは、一語も発しられなかった。

餓狼が、人間の咽喉を食い破った!

そんな戦慄が、すべての者の背筋を走ったのである。

肌の粟立つ光景を目撃させられて、人垣が長くそのままである筈がなかった。崩れたとみるや、たちまち、吹きはらわれるように、人影は散ってしまった。

立合いの僧一人がのこって、斃《たお》れた牢人者へ菰をかけてやり、狼之助の前へ、ゆっくりと、一歩毎に上半身を傾け乍《なが》ら、歩み寄った。

「修羅じゃの、左近。……さよう、はじめて、お主の剣を、見せられた時は、わしも、五体がわなないたわ。……しかし、こうして、再度、お主の剣を見せられると、煩悩のあさましさが感じられてならぬ。お主は、おのが剣を、狼眼剣とでも称して、内心得意になって居るのであろうが、所詮は、禽獣《きんじゆう》の業《ごう》を発揮する邪剣じゃて――」

そう言って、ひとつ、ふかい嘆息をもらした。

四

僧は、元武士で、佐々勇次郎といい、この「人面狼之助」事松葉左近と、同じ主人に仕えて、近習の竜虎であった。

幾度びかの合戦で、互いに功名を競いあった間柄であった。

平時にも、ともに連れ立って、狩に出ては、武技を練っていた。

ある時、仔鹿を発見して、これを囮《おとり》として、母鹿を射とめた。

その帰路、左近は、なぜか、一言も口をきかなくなった。平常寡黙な男であったが、この日の無言には、なにか異様なものを、勇次郎に感じさせた。

山麓に降りた時、左近は、「半刻《はんとき》ばかり、待っていてくれ」と言いすてて、彼方の松林の蔭にある農家へ、馬をとばして行った。

その農家には、狩の帰途、時おり立寄って、二人は、見目の程よい女房から、芋粥《いもがゆ》をふるまってもらっていた。

勇次郎は、しばらく待っていたが、次第に気がかりになって来たので、そっと、近づいて、屋内を覗いてみた。

左近は、その女房を素裸にして、犯していたのである。

勇次郎は、門口に待ち受けていて、左近が出て来るや、一喝をあびせた。

左近は、昂然として、

「血気を処理するのが、なんでわるい？」

と、うそぶいた。

「力があれば、それに乗じて何をしてもかまわぬ、というのであれば、人間はけだものとかわらぬぞ。人間が、けだものと区別されるところは、世々その美を済《な》すことではないか。……われらに好意を持って、寄るたびに優しゅうもてなしてくれたあの女房を犯すとは、あまりにあさましい所業ではないか」

「我欲があるからこそ、昨日の世が今日は一変するのだ。隴《ろう》を得たならば、蜀《しょく》を望むのが、人間の本能だ。国を盗むのも、女を犯すのも、力がある者の特権だ。世間を見まわしてみろ。それ以外に何がある？」

「国を平定して、これを治めんとする志と、意馬心猿《いばしんえん》の欲情と同じなものか！」

「うるさい！　したり面《がお》をするならば、ここで勝負して、おのれ、敗れたら、坊主になれい！」

口論の果てに、左近と勇次郎は、太刀を抜き合せた。

勇次郎が、みにくい跛になったのは、その時、左近から太股《ふともも》を斬られたためであった。

勇次郎は、左近の手当によって、生命をとりとめたが、意識がもどった時、己に克《か》って礼に復る、という言葉を想い、左近に言われた通り、世をすてて、仏門に入ることにしたのであった。

主家が、滅びたのは、その後であった。

左近は、主君の息女千早を背負うて、炎上する城から脱出し、心照という僧になった勇次郎が住む禅刹《ぜんさつ》へ、遁《のが》れて来た。

左近は、文字通り、満身創痍《そうい》であった。山門をくぐるや、力尽きて、昏倒してしまった。

高熱を発して、生死の境をさまよう左近を、救われた千早は、必死に看護し、心照もまた、手当を尽した。

二月後、左近と千早は、むすばれた。

主君の息女を妻にしたことは、左近の性格をいくらか、矯《た》めたように思われた。野馬《やば》猿猴《えんこう》のごとく六塵《ろくじん》に馳騁《ちてい》して停息を知らぬかにみえた左近も、高嶺《たかね》の花を折って、その美しい香に惹かれると、心もやわらいだ、とみえた。

心照は、この夫婦に、無事安穏のくらしがつづくことを祈ってやった。

その頃、ようやく、剣法というものが、武士の間に、重要視されて来ていた。

心照は、左近をして、修羅の業力をすてさせるためには、剣法を習わせ、これによって、心気を澄ませるにかぎる、と思い、しきりにすすめた。

左近は、容易に、耳を傾ける様子もなかった。

ところが、ある日、突如として、左近の心境が一変した。

千早のために、美しい衣裳を買ってやるべく、山を越えて、京の都へ出て行った左近は、おのが身を帰らせる代りに、一通の手紙を、心照に届けて来た。

都大路の辻に、たまたま、餓狼十数匹が躍り出て、行人を襲うのを目撃した自分は、それを率いる老狼の、神秘《くしび》なまでの敏捷な動きに、心を奪われて、その老狼を追って、山中に入ることにした故、戻って来るまで、妻の身柄を預ける、という内容であった。

心照は、嘆息した。

一流の兵法者について学ぼうとせず、山中の餓狼を対手に、剣技を自得しようと決意したとは、いかにも、左近らしかった。

左近の消息は、絶えた。

五

寒気きびしい雪の夜——三更をまわった時刻、心照は、はっと目覚めた。

燭台にあかりがつけられ、蓬髪襤褸《らんる》の男が、枕辺に坐っていた。それを、左近と知るには、心照は、数秒を必要とした。

「剣法を自得した」

左近は、言った。

「見せるが、まずその前に、斎《とき》を、二人分、たのむ」

ひもじいので、二人分摂《と》るのであろう、と思い、心照は、小坊主を起して、命じた。

すると、左近は、

「膳部を二つ」

と、ことわった。

心照は、いぶかった。千早は、境内はずれの草庵に住んでいる。この夜半に、千早とさし向って、斎を摂るというのか？

「いや――」

左近は、かぶりを振った。

「一膳は、妻と密通して居る男に食わせる。女を抱いたあとは、空腹をおぼえるものだ……闘いに於ては、双方、心身とも同じ状態であらねばなるまい」

冷然として、そう言った。

左近は、わが家に入ろうとして、妻が男と同衾《どうきん》しているのを視て、黙って、そっと立ち退き、この方丈に入って、心照を起したのであった。

「お主、なぜ、その場で、成敗せなんだ?」

心照は、眉宇《びう》をひそめて問うた。

「三年もすてておけば、男が欲しゅうなろう。千早は、淫婦だ。淫婦にしたのは、わしだ。……お主の目をかすめて、必ず密通いたすであろう、と思うて居った。千早の罪ではない。……男が、わしを斬《と》ることができれば、千早と夫婦になるがよかろう」

強い者の方が、女を獲る権利がある。左近は、山中に於て、野獣の中でくらすうちに、その持論を愈々《いよいよ》根強いものにしたに相違ない。

「お主は、千早の方は、許す所存か?」

「あれだけの淫婦は、十万人に一人も見当るまい。淫婦は、男をよろこばせるために、この世に在る。殺すことはあるまい」

心照は、左近の返辞に、唖然《おお》とした。

やがて、左近は、斎を摂り了えると、のこりの一膳を持って、方丈を出て行った。

心照は、跟《つ》いて行かなかった。

左近は、おのがのぞむままに、事態をすすめた模様であった。

白一色に塗られた境内に、夜が明けるや、左近は、密通男と、対峙した。

密通男は、この地方きっての豪族の嫡男であった。膂力《りょりょく》も胆力も充分にそなわっているようにみえた。

勝負は、あっけなく、おわった。

密通男は、幽鬼のごとく地摺りに構えた左近めがけて、おのれがそれまで闘って来たやりかた通り、おめきたてて、斬りつけた。

左近は、その太刀を、無造作に払いのけた。

「うぬっ！」

密通男は、大上段にふりかぶった。

瞬間——左近は、伏せていた目を挙げた。

野獣のまなこに似た、らんらんと煌《きら》めく視線に射込まれて、対手は、そのままの構えで硬直してしまった。

左近は、ゆっくりと一歩出て、その咽喉を、グサとつらぬいたのであった。

左近は、雪を真紅に染めて斃れた敵へ、一瞥もくれずに、ひきかえすと、草庵の戸口に立ちすくむ千早へ、

「姦夫姦婦は、倶《とも》に成敗せねばならぬが、わしには、そなたを斬るつもりはない。その代り、罰をくれる」

と、言った。

左近の思案は、四月初卯の伏見の乞食祭に、鴨の磧に、妻を曝し者にすることであっ

た。

妻を救わんとする者が現われて、自分と闘って勝てば、いさぎよく妻をくれてやる、左近らしい思案であった。

乞食祭までは、二月ばかりの月日があった。その日の来るのを待つあいだ、左近は千早と、その草庵に、三年前と同様に、とじこもってくらした。

三年前と変っていたのは、左近が、千早を抱かぬことであった。

某夜、心照は、草庵からほとばしる千早の悲鳴をきいて、急いで、起き出て、行ってみた。

無慚《むざん》な光景がそこにあった。

左近は、千早を、後手に柱へくくりつけ、寝衣の前を捲《まく》り、下肢を大きく拡げさせると、両股を、おのが両膝で押えて、その陰部の黒い茂みに、灸《きゅう》を点じていた。

心照は、驚いて、

「なんとするのだ！　狼藉《ろうぜき》はいかぬぞ！」

と、たしなめた。

左近は、陰毛をチリチリと焼いて、白煙をたてる艾《もぐさ》を、凝《じ》っと瞶《みつ》め乍ら、

「淫情を払ってやるには、このてだてしかない」

と、こたえた。

たぶん、千早が、夫婦の交りを拒否する左近を、誘惑しようとしたのであったろう。左近の行動のうち、心照を合点させたのは、密通した妻に罰をくれるまでの二月間、おのが欲情を抑えたことだけであった。

六

乞食祭二日目——。

鴨磧の葦簀囲いは、前日にまさる見物人の蝟集《いしゅう》をみた。

その中に、兵法者らしい者もかなりの数をかぞえた。昨日、戦場往来の荒武者を、ただの一突きで、仆したときいて、その業を看るべく、足をはこんで来たのであった。

それらの兵法者の一人に、眉目秀れた、色白の、まだ二十歳ばかりの若者がいた。上《かみ》泉《いずみ》伊勢守《いせのかみ》信綱《のぶつな》の甥疋田《ひきた》文五郎《ぶんごろう》であった。

幼少から叔父信綱について、新陰流の奥義をきわめ、技倆《ぎりょう》心術ともに抜群の麒麟児《きりんじ》であった。

信綱は、諸国廻遊には、必ず、文五郎をつれていて、他流との試合には、まず甥を出した。文五郎が、負けた試合は、これまで一度もなかった。

昨日、文五郎は、この堤を通りかかって、計らずも、「人面狼之助」が、牢人者を仆す光景を目撃し、その異常の業に慄然となった、そして、一夜ねむらずに、考えつづけたが、ついに、その魔剣をふせぐ工夫が思いつかず、今朝になって、信綱を、その部屋に訪ねて、その試合の模様を報告したのである。

黙ってきいた信綱は、その魔剣については、何も言わず、

「今日、もう一度、見て参るがよい」

と、命じたのである。

文五郎は、再び、鴨磧へ来て、人面狼之助に挑戦する者が現われるのを待った。

午前中は、一人も現われず、午後に入って、二人の兵法者が連れ立ってやって来て、ともに、決闘を申入れた。

最初に対峙した兵法者は、八双《はっそう》に構え、目を伏せて狼之助の脇へまわり込みざま、胴を薙ぎ斬ろうとした。

だが、間髪の差で、躱《かわ》され、構えをとろうとするいとまを与えられず、その狼眼の光をあび、立ちすくむところを、咽喉から血噴かせられてしまった。

もう一人は、跳躍力にまかせて、左右に敏捷に跳び違い乍ら、摺り上げの逆撃ちを狙ったが、一瞬の静止をとらえられ、その眼光に射られると同時に、咽喉をつらぬかれていた。

疋田文五郎は、宿舎へ帰り乍ら、

――脇から攻めても、勝てぬとすれば？

と、首をかしげつづけた。

およそ一流の剣客ならば、たとえ、自身目を伏せていても、対手の位置を知り、間合を測るのは、さしてむつかしくはない。したがって、狼之助が、わざと目を伏せている構えも、それに秘法をひそませている以上、これを奇怪なものと看る必要もない。

ただ、仕掛けて行く挑戦者の動きに、なにかまちがいがある。

文五郎は、あの魔剣を、正当の剣で破れぬ道理はない、と思うのだ。

ただ、目を伏せている敵に対して、視線と視線を合せている時と同じ間合をとり、同じ動きを為《な》すことは、愚である。

目を伏せている敵に対して、人間の本能として、これを軽く視ることの不覚から、昨日の牢人者も、今日の二人の兵法者も、敗れている。しからば、目を伏せて、対手に軽視させることの方が、真剣の勝負には、有利なのか？

「いや！」

文五郎は、かぶりを振った。

「そんな筈がない！」

狼之助の構えは、あくまで、邪剣である。邪剣は、必ず、正剣をもって、破り得る。

ただ、文五郎には、その構えの中に、絶対的な欠点を、発見できないままに、迷いつづけている。

おそるべき魅力は、人間ばなれしたその勇気であろう。敵を正面に置いて、目を伏せる修業というものは、並みたいていの事ではない。そして、第二には、さっと眼光を放った刹那の、その凄じい迫力である。これは、尋常の道場稽古によって、成された剣法ではない。

邪剣とはいえ、敵に隙を見出した刹那、同時に、その隙へ太刀を躍らせるのは、達人の業にかわりはない。隙を発見して、それから、斬るのではない。隙、同時に斬る――これが、剣の極意である。敵の隙とおのが剣の動きの間に、一瞬すらの間《ま》があってはならぬのである。

狼之助の目が、対手の咽喉を睨《にら》んだ刹那に、その咽喉から血が噴いているということは、なんのふしぎもない。

文五郎に、はっきりと判ることは、狼之助は、剣で突く前に、眼光で突くために、目を伏せているということであった。文五郎自身、迅業《はやわざ》において、狼之助にひけをとるとは思えなかった。しかし、目を伏せた狼之助と対峙した時、はたして、面を合せている時と同じように、心気が冴えているかどうか？　いつ、狼之助の凄じい眼光が放って来るか――それまでの時間が、問題である。

文五郎は、宿舎へ帰ると、信綱に一切の報告をした。

ききおわると、信綱は、微笑した。

「文五郎、そちは、おのれ自身の心気が、問題だと考えて居ろう。それは、正しい考えに相違ない。しかし、さらに、一歩を進めてみるがよい。たとえ、狼だとて、心はあるぞ」


三日目――。

疋田文五郎は、その場所へおもむくと、狼之助に向って、

「本日、太陽が天上に昇った時、試合いたす」

と、申入れた。十貫文は、三方にのせて、入口に置いた。

それから半刻ののち、狼之助は、囲いうちから、姿を現わした。

狼之助のむさくるしい獣気の臭いたった姿にくらべて、文五郎のいでたちは、いかにもさわやかなものであった。

双方は、しずかに白刃を抜いて、対峙した。

そのまま、絵に入ったように動かず、太陽が地上に刷《は》いたふたつの影法師だけが、すこしずつ、角度をかえて行った。

蝟集した見物人は、固唾《かたず》をのんで、咳ひとつする者もなかった。剣気に当てられて、

心身を緊張させていたのである。

ただ、川の流れの音だけが、春昼の空にひびいていた。

静寂。

それが、やがて、極限に達した。

時間というものは、人間にとっては、やはり無限ではなかった。静寂を炸裂させなければならぬ一瞬を迎えた。

狼之助の伏せた目が、チラと、文五郎の足下へ向って、動いた。

刹那——。

「とおっ!」

文五郎の全身から、鋭く、澄んだ懸声がほとばしった。

と同時に——。両者は、跳躍した。

文五郎の剣が、鞘に納まった時、狼之助の両眼は、横に朱の一文字を引いたごとく、血に染っていた。

文五郎が招いた永い静寂は、ついに、狼之助の心気を擾《みだ》したのである。

——肩肱《かたひじ》を張り、大声を発して、威圧せんとするは、剣の下なるもの也。眼光を放って、摺伏《しょうふく》せしめんとするは、剣の中也。剣の上なるものは、おのずから技あるのみ。

文五郎は、後日、そう記している。

「人面狼之助」事松葉左近は、失明した身を、文五郎にともなわれて、上泉信綱の前にいたった。

信綱は、しずかに左近を眺めて、

「お手前の視力は、霞の中にある程度にはのこって居ろう。眼光にたよらずして、剣の業を学べば、大成いたすであろう」

と、言った。

後年、丹波霞之助と名のり、霞流の居合術をもって、世にうたわれたのは、左近の後身である。

一《ひとつ》の太刀

一

永正元年春――応仁大乱が起って四十年後の、ある日のことであった。

常陸《ひたち》国鹿島郡塚原の城主・塚原土佐守《つかはらとさのかみ》新左衛門安重は、鹿島神宮の祠官卜部覚賢《うらべかくけん》を訪れると、

「御子息の一人を、養子に頂きたい」

と、申し入れた。

鹿島神宮は、古来、武神として、武人防人《さきもり》の尊崇をあつめて来た。神功《じんぐう》皇后が出陣にあたって、ここに祈って以来、代々征途に赴く者は、それにならった。

「鹿島立ち」という言葉は、かかる事情に発するものである。伝えるところによれば、鹿島の大行事国摩真人《くになずのまびと》が、鹿島の神に祈って得た「神妙剣」という一《ひとつ》の太刀を定め、これが、神官たちに継承されたという。したがって、武人たちが出征壮途に上るにあたって、この一の太刀の技筋《わざすじ》を請うたとも考えられる。

事実、鹿島神宮の神官たちは、代々刀法にすぐれ、「神妙剣」の上古流は又、「鹿島の太刀」として、卜部基賢、卜部宗広、卜部繁雅、卜部宗景へと、その極意が伝承され、さらに新工夫が加えられて、当代卜部覚賢にうけ継がれていた。

もちろん、鹿島の太刀のみが、当時唯一の剣法ではなく、大和には三兵の達者高田石成の剣、九州には、九州随一の物切りとして肥後の追手次郎太夫則高の創《はじ》めた剣があり、下って京八流の祖鞍馬の重源、中条流の祖鎌倉の中条出羽守頼平等がいた。

ただ、日本剣法の祖は、天津児屋根命《あまつこやねのみこと》十代の孫、国摩大鹿島の子孫である国摩真人であるとされていたため、その正統を継ぐ鹿島神宮の神官が、重きをなしていたということになろう。

世は、戦乱である。

昨日までの敵地は、今日我が領地となり、明日はまた他人に奪われるかも知れぬ。依って、主たる者は、その家来を吟味すれば、家来もまた主を吟味する。そうでなくてさえ、世に大牢人、小牢人、大渡者《おおわたりもの》、小渡者が、あふれ、いわゆる僴下者《ひょつかもの》、僣上者《せんじようもの》として野心を燃えたたせている。主従相互の吟味が、家柄より人柄となるのは当然のなりゆきである。門地の有無を問わず、奇才異能が選ばれることとなる。

塚原土佐守が、卜部覚賢を訪《おとの》うて、その子息を養子に迎えようとしたのも、時代に処する思惑と打算によるものであった。常陸の守護は、佐竹氏であり、塚原土佐守は、佐竹氏の随身にすぎなかった。佐竹氏が、いつ滅びるかも知れぬ乱世にあって、塚原土佐守は、その時に於いて一人生き残るためには、抜群の俊士を後継者にして置かねばならなかったのである。

ひとつには、塚原土佐守もまた、一流兵法者であり、その「天真正伝流《てんしんしょうでんりゅう》」の極意をさずける者を必要としたのである。一説に「天真正伝流」は、香取の飯篠長威斎《いいざさちょういさい》（山《やま》城守家直入道《しろのかみいえなお》）が創めた「香取神道派」から出た、といわれる。ちなみに、「香取神道流」は、足利尊氏麾下《あしかがたかうじきか》の将で佐々木佐渡判官《はんがん》という人が、下総《しもうさ》流罪中に起した「直清流」の流れをくむものである。

卜部覚賢は、塚原土佐守の申し出を、即座に承諾して、

「子は、二人居り申す、いずれなりと――」

と云ってから、

「但《ただ》し、二人の子に、鹿島の太刀筋は、未ださずけては居りませぬぞ」

と、断わった。

「いや、それは、かえって当方にはねがってもない幸せ。塚原の子となれば、塚原の剣をさずけ申す」

「では、よしなに――」

土佐守は、この場で、直ちに、二人の子息のうちどちらかを指名しようとはせずに、

「おそれながら、御子息たちに、それがしの見送りをさせて頂きたい」

と、たのんだ。

瞬間、覚賢は、大きく目をひらいて、じっと、土佐守を瞶《みつ》めた。土佐守の肚裡《とり》に、危険なものがひそんでいるのを読みとったのである。

土佐守は、見送られる途中、不意に、刀を抜くかも知れぬ。兄弟が、その試しを当然のこととして受けて、能《よ》くたたかうだけの技を持っているならば、土佐守は、満足して、刀を鞘《さや》におさめるであろうが、もしそうでなければ、土佐守は、たちどころに兄弟を斬り伏せてしまうに相違ない。覚賢としても、むざむざ仆《たお》れるような息子たちを持ったことを恥として、一語の抗議もゆるされぬところである。

「いかがであろうか？」

と、重ねて促されて、覚賢は、静かに頷《うなず》いた。そして、二人の子を呼んで、

「土佐殿を森のはずれまで、お見送り申すがよい」

と、命じた。

やがて、三人は、森の木立の中の、あやめもわかたぬ暗がりの途《みち》を歩いて行った。

土佐守は、屋敷を立ち出た時から、二人の若者の挙動に対して、鋭く心をくばっていた。

森のはずれに出るまで、しかし、ついに、土佐守は、刀を抜く隙がなかった。それは

弟の小太郎の方が微塵も油断がなかったからである。

小太郎は、玄関を出る時、兄に提灯を持たせてまん中に、土佐守を右側に、おのれは左側に——その位置を、逸早《いちはや》く占めていたのであった。

土佐守は、右側ながらも、兄の方を斬るだけの自信はあった。しかし、その時は、もう、左側から小太郎の太刀をまっ向に受けるのを覚悟しなければならなかった。土佐守は、とある刹那、こころみに、殺意を閃《ひらめ》かせてみて、間髪を入れず、兄をへだてた小太郎から、その殺意に応ずる剣気がうちかえされるのを直感したのであった。

曲り角に来るごとに示す小太郎の所作もまた、土佐守に戦慄すべき示唆を与えるものがあった。なんということもなげに、小太郎は、曲り角に来ると、半歩おそく踏み、角をよけていた。曲り角こそ、土佐守の位置を有利にするのだが、それを小太郎は、牽制したのである。

小太郎は、別に、父から、警戒せよと耳うちされたわけではなかった。また、父のように、土佐守の肚裡を読みとっていた次第でもなかったろう。ただ、ふだんの心を、兵法としていたのである。

もし、土佐守を客として礼し、土佐守の身を案ずるのであったら、弟たるおのれが提灯を携《さ》げるか、さもなくば、土佐守の右側に立った筈である。小太郎は、敢えてそうせず、おのれ一人を有利の立場に置いた。兵法者の非情である。

土佐守もまた、別れて一人になった時、

――これでなければならぬ！

と、心中で叫んでいたのであった。

二

小太郎は、塚原土佐守の養子となってからは、新右衛門高幹《たかもと》と名乗った。

しかし、実は、土佐守には、一子があったのである。帯刀《たてわき》という。帯刀は、心身ともに弱く、小太郎が養子になって間もなく、蚤死《そうし》（早死）した。あるいは、土佐守が、ひそかに殺したのかも知れなかった。

高幹となった小太郎は、鹿島の太刀に、天真正伝の極意を加えて、「一の太刀」を会得し、「卜伝流《ぼくでん》」を創始したのであった。

小太郎は、鹿島神宮時代に、松本備前守から、「一の太刀」を学んでいて、それを、天真正伝の極意によって、大成したのであった。但し、技術としては、極めて単純なものであって、卜伝流は、正確に彼一代きりのものであった。あとにいかなる後継者も見出せない、いわば、孤独の剣であった。史書には、伊勢国司北畠具教《きたばたけとものり》が、その極意を受け、また後世松岡兵庫介《まつおかひょうごのすけ》が、その妙旨を悟って、徳川家康《とくがわいえやす》に伝えた、などとあるが、俗説であって、卜伝流のような孤独の剣法は、そのまま伝承される性質のものではなかった。

何故ならば、卜伝流の如き兵法の要旨は、当世的にいって非常に形而上学的な悟りにあるのであり、そこに悟達した当人のみ能くするところであった。口に伝え難く、書に記し難く、理論づけたり体系づけたりすることが殆《ほと》ど不可能なのである。したがって、上泉伊勢守《かみいずみいせのかみ》の兵法が、確立するまでの、いかなる流派も、正確には継承されていない。強いて、卜伝の兵法を受け継いだ者をさがせば、常州江戸崎の諸岡一羽《もろおかいちう》であろうか。

尤《もつと》も「形」としてすこぶる単純な卜伝流も、単に「形」として受け継ぐことなら、小児と雖《いえど》もなし得たであろう。第一、卜伝流自体が、形としては、鹿島の太刀あるいは天真正伝流など上古流の「一の太刀」とまったくちがわなかった。

一の太刀というのは、甲陽軍鑑《こうようぐんかん》によれば、「一つの位、一つの太刀、一つ太刀、斯《か》くの如き太刀一つを三段に見分け候《そうろう》」とあって、わずか三種の技術のみである。難しいのは、この単純な刀法にともなう、それを打つ時の精神の持ち方であった。

具体的に云えば、木太刀をふりかざして、「えいっ」と斬り下した時、卜伝ならば、岩を真二つにすることが出来た。他の者は、逆に手がしびれて、木太刀を取り落すのが関の山という結果を招く。この場合、どうしたら岩を斬り断つことが出来るか——と問われても、卜伝には、ただ、

「そんなことをきくうちは、到底石は斬れぬ」

と、こたえる以外にはなかった。

こうした修練を積んだ挙句の一つの境地の会得が、卜伝流であった。他の者が、その「形」を受け継いだところで、また同じ修練を重ねたとしても、果して、砕岩の太刀を発見出来るとは限らない。もし、能く石を斬るのを自得したとしても、その時その者の達し得た境地は、もはや卜伝流とは、甚《はなは》だしくちがった流儀であるかも知れないのである。真の孤独と自我の発明は、その瞬間に於いて、類型を脱している。

もとより、卜伝と雖も、年若くして、至妙の極意に達したわけではなかった。

塚原氏に入ってからの小太郎の日常は、昼夜寸時の怠りもなく、兵法の修練につきた。(断わっておくが、兵法というのは、剣法であり槍法であり、そういう一切の武術のことで、なにも、戦術戦略を意味するものではない)

小太郎は、弓を能くした。また、槍術に長《た》けていた。そうして、彼は、必ず岩石を相手にえらんだ。岩肌にむかって、矢を射る。矢は、見事に岩心に突きささった。槍でも同じであった。刀でも同じであった。これは気合もさることながら、恐るべき力の発揮といわねばならない。小太郎は、堂々たる体軀の持主であったが、相応に怪力の所有者であった。

力を養うに、当時の修業は、例外なしに、薪割りをえらんでいる。薪割りをつづけると、異常な握力と手首の強靭さが得られるからである。人を斬る場合、最後の斬れ味は、握力と手首の強さできまる。まして、戦場においては、術のあれこれを云々してなどいられるものではないし、ただ、強い力でたたき斬るか、突き刺すかである。近代の拳闘においても、強いパンチというのは、殆ど握力と手首の強さから生まれている。ちなみに、常に何かを握りしめる修練というものは、末梢神経ならびに血管の毛細部まで刺戟して、不老長寿の秘法となる。卜伝が八十二歳まで矍鑠《かくしゃく》としていたのも、柳生宗矩《やぎゅうむねのり》七十六歳、丸目蔵人《まるめくらんど》九十歳など、達人のことごとくが長生している理由も、ここにある。くるみの実を、からころと行住坐臥《ぎょうじゅうざが》、掌に握っていれば、中風にかからぬというのも、全く同じ理屈からである。

とまれ——岩石ばかりを相手にしている小太郎にむかって、

「石は死物じゃ。弓なれば、なぜ飛ぶ鳥を狙わぬ。槍なれば、なぜ渓谷の魚をこころみぬのじゃ」

と、土佐守が、たしなめたことがあった。

「お言葉ながら、父上、石より固いものがござりませぬ」

「固いが、動かぬではないか」

すると、小太郎は、微笑して、

「それがし、石の固さを、人の心の固さに通わせているのでございます。真の敵は、鳥や魚のごとく怯《おび》えもせず、逃げもせず、われらの面前を動きませぬ」

「成程《なるほど》――」

と、頷いてみたものの、土佐守は、まだ釈然としなかった。

が、すぐ話頭を転じて、土佐守は、云った。

「どうだ、そろそろ嫁をもらわぬか」

小太郎は、しばらくこたえなかった。

女性について考えたことはない。ただ、ある衝動は、ときどき起った。この衝動は、一種の焦燥に似ていた。しかし、矢を巨岩に放ち、その矢が、グサリと岩心に突き刺さった刹那、彼の心は、はればれと解放されるのを常とした。すがすがしい孤独感であった。

「女は、欲しくありませぬ」

小太郎は、ひくい声でこたえた。素晴しい偉丈夫に成長した小太郎の、ひくい声を、土佐守は、青春のはじらいだと見た。

「女は、必要だぞ。猛る心にゆとりをくれるものじゃ」

それはどういう意味なのか、と小太郎は、あらためて、養父を瞶めたが、土佐守は、ただニヤリと笑っただけであった。

三

某日、次のようなことがあった。

当時の豪族は、絶えずおのれの館を補強増築して、なるべく城の体裁をそなえたものに近づけていた。塚原土佐守も、例外ではなかった。館の一角に、新たに堡塁《ほうるい》を築くために、夥《おびただ》しい石と石工《いしく》が集められた。

小太郎は、これらの工事を監督していた。そのうち、石工が石を割る動作に、はっと鋭い目をとめたのであった。

手にあまる巨石、または積み重ねるに不都合な凹凸を、石工は、手にした鎚《つち》で、いとも簡単に、割り揃えたり、切り崩したり、せっせと形をととのえていた。しかも、彼らは渾身《こんしん》の力をふるったり、無念夢想の境地で、石に対しているのでもなかった。となりの人夫と雑談したり、陽気に流行《はや》り唄を口ずさんだりしながら、ひょいと石に鎚をあてて難なく割ったり切ったりするのであった。

小太郎は、つかつかと寄って、石工の一人に呼びかけた。

「その方――」

「へい?」

「この石を割ってみよ」

小太郎は、かたわらの特別に大きな石を指さした。

石工は、小太郎の意嚮《いこう》がわからずに、おどおどしたが、ともかく、しめされた石の前に立つと、しばらく、各面の肌をなでてしらべていた。それから、ここねらいをつけた個所を、表面にすると、そこへ鎚をあてがって、一気に叩いた。大石は、ぱくりと割れた。

「うむ！」

小太郎は、唸《うな》った。

「その方、兵法の心得があるか？」

「とんでもございませぬ。若殿様」

「しかし、この大石をこともなげに割ったではないか」

「石工なら、誰でも割ります。若殿様だって、すこし石にお馴れになれば、なんの、造作もないことで――」

なにも感心することはないのだ、と石工は云いたげであった。

小太郎には、わからなかった。

「よし、それを貸せ」

と、石工から鎚を借りうけ、そこいらの手頃な石をみつけて、えいっと気合もろとも、叩きつけてみた。ぱっと火花と石粉が散っただけであった。小太郎はもう一度鎚をふりかざした。

するとと、石工があわてて、

「若殿様、やたらに叩いても無理でございます。……ええっと、この石はと――ここじゃな、ここでございます、ここをお叩きなされませ。力は、ほどほどに――」

と、側面になっていたところを表にかえして、一個所をしめした。いわれた通りに叩いてみて、小太郎は驚いた。手がしびれるほどの固さで反撥した石が、こんどは、他愛なく、ぽかっと割れたのである。

「どうしたわけなのだ、これは――?」

「どんな石にも、目がございます。そこに、鎚をあてれば割れ、割れた石にも目があり、目、目、と割って形をととのえるのでございます」

「わしには、石の目は、全くわからぬ」

「すこしお馴れになればわかりますでございます」

小太郎は、石に目があると教えられ、また実際に石の目を実証されて、しばらく考え込んだ。岩石を相手に、むやみと怪力をふるった行為が、ひどく愚かなことだったように思えて来た。

「目、か！」

やがて、小太郎は、ぽつりと呟《つぶや》いた。

心中に、翻然と悟るところがあった。

即ち、これが、「一の太刀」の理念的な要旨となった。一心万法の原則は、「目」にある。敵の「目」を見抜いて、一刀で一閃《いっせん》して、倒す——すなわち、これが卜伝の新当流、つまり「卜伝流」の極意となった。

四

記録によれば、塚原卜伝は、八十年の生涯を通じて、偽剣（木太刀・木槍）真剣を合せて、百余度の試合を行ない、出陣三十七度におよんでいる。しかし、それらの具体的な戦功譚や、試合の模様を伝える逸話は、殆ど残っていない。講談としてきこえている、「無手勝流」の一席——すなわち、江州矢走《やばせ》の渡の川舟で、傲慢な武者修業者に試合を挑まれるや、その者を離れ島に追いあげておいて、水棹《みさお》をとって、舟をさっさと沖へつき戻してしまったというエピソードなどは、勿論《もちろん》作りものである。

卜伝の試合、武功は、記すべき派手さがなかったのである。試合は、一瞬にしてきまったし、見物している者たちの目にとまらなかった。戦場に於いては、大将首を取るのを、目的としなかったため、たとえ討取っても、その首を持参しなかった。ひろった者の功名になったのである。いわば、日常の生活は、影のごとく静かであり、一度《ひとたび》たたかえば、風のごとく速く――記録にとどめることは不可能に近かった。

ただし、卜伝が百度以上の試合をしたといっても驚くにはあたらず、事実は、百度が二百度にもおよんだに相違ない。

というのは、養父土佐守は、常陸の豪族であるとともに、天真正伝の兵法者である。だから、この館に、絶えず、天下の大牢人、大渡者がたずねて来た。いずれも、かなり腕の立つ者で、あわよくば土佐守に認められて、そのまま塚原氏の随身となるか、または、土佐守の推輓《すいばん》で、佐竹氏の禄を食《は》むことを目論《もくろ》んでいた。

奥州の伊達氏、常陸の佐竹氏は、比較的、天下の大局から離れて安泰である。どうせ後生をねがうなら、なるべく二度と失職せずにすむ土地の有力者にすがりたいと望むのは、人情である。

土佐守は、これら禄を求めて館の門をたたく者たちに、小太郎の剣をもってあたらせた。小太郎は、好むと好まざるとに拘《かかわ》らず、彼らを、片端から、土に這わせなければならなかった。

訪う牢人者の殆どは、大なり小なり合戦において、生死の経験を重ねていた。尤も、それは、それだけの兵法で、いうところの、

「戦場の武士は、武芸知らずとも事すむべし。木刀などにて稽古するは、太平の代に

ては切るべき物無きにより、その切形《きりがた》を覚ゆるまでの事なり。戦場へ出る時は、始めより切覚えに覚ゆれば、自然の修練となるなり」

であり、また、

「戦場にて名を得れる物師、覚えの者と雖も、一人も槍太刀の芸の上手もなく、槍も太刀も、ただ棒の如くに覚えて、敵を叩倒すことなり」

という腕前であった。

それにひきかえて、小太郎は、実戦らしい実戦の経験はなかったが、不断の練達において、歴戦の猛者《もさ》よりも、はるかに優っていた。剣と剣を交えて、牢人たちは小太郎の敵ではなかった。

訪問者を、庭先に招じて、

「いざ！」

と、むかい立って、無造作な一の太刀の構えをとった瞬間、小太郎の心眼は、相手の「目」をしかとたしかめていた。もはや、相手は、割られるのを待つ石と同じである。そして、石の固さは、小太郎の心にある。

「ええいっ！」

声をかけるのは、いつも小太郎の方だけで、相手は一瞬の後、立木が折れるように倒れていた。この場合、本来ならば、木太刀が、相手の眉間を割る寸前で止め、いわゆる

「つめ」だけで、勝負を決するのがしきたりなのであったが、土佐守は決して審判役をしようとはしなかったので、小太郎の非情は、仮借なく、相手を片端にするか、生命を奪っていた。

こうした幾十人かの犠牲者を出した後、小太郎の一撃をあびて、完全な聾唖になった者がいた。

もと北畠の家臣で、杉辺刑部《ぎょうぶ》といった。

小太郎に打ち伏せらせて、昏倒し、息を吹き返した時、刑部は、完全に聴覚を失っていた。と同時に、失語症にも陥っていた。

試合が終ると、さっさと自分の居間にひきとっていた小太郎は、家来から、このことを告げられると、

「痴呆になり果てたか？」

と、訊ねた。

「いえ、それが、頭脳の働きは、元通り明白でございました。筆談いたしましたるところ、再度、若殿に試合をねがう心算《つもり》であると記しまして、立ち去りましてございます」

小太郎は、奇妙なことだ、と思っただけであった。聾唖にされた者の憤怒と復讐心の烈しさが、ちらと脳裡を掠《かす》めたが、すぐ払いすてていた。

杉辺刑部は、常陸を去って、どのような径路を辿《たど》ったか、四年後には、愛洲陰流《あいすかげりゅう》の

兵法を会得して、再び、小太郎の前に出現したのであった。小太郎は、生まれてはじめて、一の太刀に勝る剣を見て、戦慄した。

愛洲陰流というのは、「師系集伝」という書に、

「愛洲《あいす》移香《いこう》（惟孝《いこう》）奥州の産、足利氏季世《きせい》の時の人、幼より刀槍の技を好み、広く諸州を修業し、九州に渡り、鵜戸《うど》の磐屋《いわや》に参籠し、剣術の微妙を得んことを祈る。夢に神猿の形に現われ、奥秘を示す。一旦惺然《せいぜん》として大悟《たいご》す。自ら其名を影流と号し、其人に非ざれば伝授せず。是《これ》中興刀槍の始祖也」

とあり、後に剣聖上泉信綱《のぶつな》が、この流を伝承したものである。実際、上泉信綱自身が、その「当流由来の巻」の中で、

「当流の起本は、愛洲移香という人ありて、兵法の諸流を極め、その中より一流を選み出し、世に弘《ひろ》めんと欲す。然《しか》る後、九州の国に赴きて、霊社あり、これを鵜戸の大権現という。移香、かしこに至って参籠する事三七日、当流の天下に於いて流布せん事を伏願う。既に、夢中に告げを蒙《こうむ》って、――陰の流と号す」

と、記している。尤も、年代的にいって、信綱が直接に学んだのは、移香の長男小太郎惟修からであったにちがいなく、杉辺刑部も、この人についたと思われる。

とまれ、愛洲陰流の兵法がどんなものであったか、これまた始祖が夢中に得た妙儀とあっては説明のしようもないが、しかし、上泉伊勢守の陰流から推測するに、形として、

ト伝流よりは、はるかに複雑なものであった。即ち、素朴強引なト伝流にくらべて、すくなくとも陰流は「懸待表裏《かかりまち》」の四つ、つまりは、技に駆引が加わっていた。

なお、これをわかり易くするために、拳闘にたとえるならば、こうである。初期の拳闘は、腕力をたよりに、一発必殺の、テクニックも何もないものであった。所詮、強拳の持主が勝つことである。ところが、フットワークが発明され、さらにジャブとかウィービングなどの、いわゆる駆引が加えられて、いたずらな強拳の持主を眩惑し、疲労させ、ついにそれを弱拳でＫＯ《ノックアウト》するようになったのである。

このように、単純素朴なト伝流が、駆引の多い陰流に対した時、どうなるか。よしんばト伝流が、一刀万法の精神的昇華を経たものであったとしても、勝敗が瞬間にかかっている以上、ひとたび一閃の一刀がはずされた時、あとの立直りが問題となる。しかも立直りの隙を与えず、相手の剣が襲って来るかも知れない。勿論、その極意の一点に於いては、いずれも同じ兵法であろう。が、それだけに、技の多岐にわたる陰流に、一歩の利があるとみえるのだ。

さて——。

杉辺刑部が、再び、小太郎の前に出現した時、小太郎は、その名前さえも忘れていた。

例によって、庭先に招じて、

「いざ！」

と、木太刀を構えたとたん、小太郎は、はっとなった。相手の剣に妖しい誘いのあるのを見てとるとともに、四年前に自分の一撃で聾啞にされた者の凄じい復讐の一念が発するのを直感したのである。

小太郎は、ずるずると魔の深淵にひきずり込まれるような体と心との崩れを感じて、

「お見事！」

と、叫んで、ぱっと跳び退った。

流石《さすが》に、刑部は、そのまま、小太郎を打ち込むことが出来ず、それでいったん小太郎は、危地を脱したのだが、顔面に汗の粒を拡げた刑部から、いま一度の試合を、という身振りを示され、ふたたび、ぞっとなった。

この瞬間、小太郎は、

「勝ちを制するを欲せず、敗れを取らざるを期す」

という境地を、開眼したのであった。

小太郎は、刑部の申し出を受諾して、何気ないふりで、木太刀を取り換えに、縁側へあゆみ寄ろうとした。

刑部の方は、木太刀をだらりと下した。

その刹那――。

小太郎の、五体が、羚羊《かもしか》のように走って、刑部を襲っていた。

「うわあっ！」

と、聾唖者の口から、名状しがたい異様な声がほとばしって、その木太刀は、むなしく宙を切っただけであった。

五

兵法者は、試合の前であろうと、後であろうと、一瞬の油断もあってはならなかった。まして、杉辺刑部は、復讐の執念をもって、試合にのぞんだのである。たとえ、小太郎が、剣を引いても、容赦すべきではなかった。小太郎が、背を向けて縁側へ寄ろうとした態度も、ゆるすべきではなかった。それを、むざむざ見のがした刑部の方が、不覚というべきであった。

刑部は、愛洲陰流の奥義をきわめながらも、復讐に、完全に失敗した。

奇怪であったのは——こんどまた息をふきかえした時、刑部は再び、耳がきこえ、口がきけるようになっていたことである。

のみならず、皮肉にも、沈黙の世界から解放されるや、刑部の、せっかく四年間鍛えぬいた兵法は、すっかり鈍磨していたのであった。けだし、刑部は、不言不聴の中で、兵法の極意の会得に必要な心の統一をなし得ていたのであった。

心をうしなっては、愛洲陰流の剣法も、単なる棒踊りにすぎなかった。

この一事は、小太郎の人間を大きく成長させた。小太郎は、刑部によって、他流のおそろしさを知らされると同時に、生命の神秘さをも教えられたのである。

それから数日後、小太郎は、養父のゆるしも受けずに、飄然《ひょうぜん》として、旅に出ていた。

旅に出る決意をした時、小太郎は、その目的を愛洲惟修に会うこととしていた。愛洲陰流は、終生、彼の意識の底に、最大の敵としてわだかまることになったのである。

しかし、いざ、旅に出た小太郎は、目的を変えて、陰流との出合いを避けることにしたのであった。あえて勝を制することを欲せず、敗れを取らざることを期するには、大敵との遭遇をなるべく避けることこそ最上の法であった。後年、馬のうしろを通る時、遠廻りしたという卜伝であった。旅に出て、目的を変更したのも、彼の臆心ではなく、まさに兵法者として、老巧さを加えた心得にほかならなかった。

心に生ずる思惑に、おのれの思想と、剣の道を照射して、あれこれと迷いつづけるのも亦《また》、修業であった。

「学びぬる心にわざの迷いてや、わざの心のまた迷うらむ」

という彼の残した武道秘歌は、いみじくもこの間の消息を物語るものであろう。卜伝のような、一種隠者めいた達人の人生は、迷うこと、迷いを切ること、切れぬ迷いにまた迷うこと、といった連続によって、完成されていったのである。

小太郎をあらため卜伝と名乗った彼は、陰流との出合いを避けるとしても、なにがし他流の一つ二つは見たいと志した。同じ常陸国にも、鹿島の太刀筋ばかりでなく、小田流などという流派があった。

小田流は、小田讃岐守孝朝《おださぬきのかみたかとも》が創めたもので、これは鎌倉の中条出羽守頼平を家祖とする中条流から出たものであった。孝朝は、はじめ頼平の門に入り、後、芦田山日神に祈念して、小田流を編んだ。

なお鎌倉には、中条流のほかに念流の流れがあった。さらに、近くの下野《しもつけ》に、宝山流を伝えるものもあった。

念流は、奥州相馬の達人で俗名相馬四郎義元《そうましろうよしもと》、即ち念阿弥慈恩《じおん》を流祖とし、宝山流は、この慈恩の門人堤山城守宝山がひらいたものであった。また、家祖頼平の子兵庫介長秀が、慈恩に学んで、はじめて中条流を確立し、その始祖となったのである。

もし、卜伝が、見ようとすれば、近国だけでも、これらの流派が存在していた。だが、結局、卜伝は、ついに、どの他流をも見ようとはしなかった。試合を避け、見るのを止めた卜伝の旅は、兵法者として無駄であったか。そうではなかった。旅路の風や雨や雪や、天然の風趣や変化は、卜伝にとって多大の収穫となったのである。

とはいえ、無目的で歩いた旅路にあって、卜伝の前に立ちふさがる刀槍は、幾本かあった。次に述べる二つの出来事は、彼にとって、かなり重要な人生的意味をもった。

そのひとつ――。

武蔵川越における長刀《なぎなた》の達人梶原長門《ながと》との、止むを得ざる試合である。

川越には、太田道灌《おおたどうかん》の築いた立派な城があった。本丸、二の丸、三の丸、外曲輪《そとぐるわ》、内曲輪、新曲輪をそなえ、文正元年の起工、文明元年六月の完成である。むろん、最初は、道灌の居城であったが、その後、大永四年に、上杉朝興《うえすぎともおき》がこの城に拠《よ》った。やがて、これより十数年経て、川越城の戦いというのがあり、卜伝も従軍することとなる。

ともかくも、卜伝が、最初の旅で川越の城下にやって来た時は、上杉朝興が当地を支配していた。関東管領上杉家と、常陸の守護佐竹氏とは盟友の間柄であり、したがって、塚原土佐守も、一応上杉管領の麾下である。だから、卜伝は、川越の町を、そ知らぬ顔で通過するわけにいかなかった。また、次第に衰退の兆を示しはじめている上杉家としても、麾下の豪族の後継者をおろそかにする筈はなかった。

朝興は、某日、卜伝に謁見を許した。

その謁見のついでに、卜伝と梶原長門を試合させたのであった。

朝興は、麾下の大将随一の長野信濃守業政《ながのしなののかみなりまさ》に仕える上泉伊勢守（当時は、武蔵守《むさしのかみ》信綱といった）や、安中城の勇士安中左近《あんなかさこん》のことについては、よく知っていた。しかし、卜伝の腕前が、上泉や安中にくらべて、どの程度のものかは、全く知らなかったのである。塚原土佐守が選んだ養子というからには、相当以上の兵法者と思ったが、それだけに、とくとその腕前の程を見たいと欲した。

折しも、下総の梶原長門という槍長刀の使い手として名のきこえた人物が、それを売り物に仕官を求めに来ているという。恰度《ちょうど》いい、卜伝と試合をさせてみよう、という気になったのであった。

卜伝は、試合を所望されると、再三辞退した。が、上杉朝興の口から、是非にと、くどくのぞまれては、あくまで拒否は出来なかった。

試合は、川越城内本丸の庭前で、行なわれた。時刻は、午《うま》であった。

長門は長刀、卜伝は太刀。当時の考え方によれば、太刀のほうが不利であった。この時、卜伝は、「勝ちを制するを欲せず、敗れを取らざるを期す」の心構えに徹した。

卜伝は、相手の長刀を中心として、間合をとったのであった。

間合というのは、たとえば「一刀一足の間合」などといい、双方青眼に構えた時、切先が一、二寸交差する位置の関係を即ち一刀一足の間合といって、間合の基本としているのである。つまり、この間合は、あくまで相手の体が観測の中心であり、一歩踏み込めば、相手と撃突することが出来、一歩退けば相手の刀が自分にとどかない位置を取り得る。そして、終始この間合を保つことが出来れば、幾時間戦っても、敗れる筈はないわけである。むろん、一刀一足の間合における、両者間の距離は、身長や太刀の長短によって一定しない。

いわんや、卜伝と長門の場合、長刀と太刀であり、間合の取りかたは、複雑となって来る。卜伝は、長門の体を無視して、長刀を軸にして距離を定めたのであった。

するると、長門から眺めて、卜伝は、ずいぶんと遠くに退いていた。試合を見ている人々の目にも、卜伝が、はるかに気圧《けお》された形に映った。

長門は、気負い込んで、びゅっと一振り躍り入る。

だが、卜伝のはかった間合は、先の如くで、とても卜伝の身体に長刀が届くべくもなかった。

長門の体勢が、やや前へ傾いて、崩れをみせると、卜伝は、身ゆるぎもせず、

「やあっ！」

と、掛声すさまじく、一刀を斬り下げた。

どっと、長門が、もんどり打って転倒し、ぐるりと地べたを一回転した際に、まばゆいばかりの刀先のきらめきが走ったので、見物の人々は、長門が、大きく斬られたのだと思った。

しかし、事態は、長門の長刀柄が、鍔元《つばもと》から切り落され、刀先は光って飛び、柄の根元だけを持った長門が、勢いあまって、もんどり打ったのであった。

卜伝は予定した通りに長刀だけを狙ったのである。

朝興の方に一礼して、すたすたと遠ざかる卜伝を見送ってから、ようやく、人々は、

勝負の結果を見てとることが出来た。

人々の視線は、卜伝の後姿から、試合場へ戻り、そこに、一尺ばかりの長刀の柄だけを持って、キョトンと立上っている長門の、間抜けな姿を認めた。どっと嘲笑が起り、これは長門にとって、死以上の屈辱であった。

人々には、卜伝が、長門の命をわざと奪わなかったように思えた。それ程、天下の長刀の達人梶原長門が、だらしなくみえた。

後になって、人々が、それを云ったのに対して、卜伝は、不機嫌に、

「いや、あれが、それがしの、せいいっぱいの技でござった」

と、説明したが、誰も納得しなかった。謙遜としか受取らなかった。

この試合をきっかけに、塚原卜伝の声名は、関東一円にひろがった。

六

川越を去って、常州江戸崎に入った時、卜伝は、諸岡一羽と知り、その素朴な人柄を愛して、その家に暫《しばら》く逗留した。

晩年癩を病み、不遇に終った諸岡一羽が、飯篠長威斎の天真正伝の流儀を、正しく、卜伝から伝えられ、そして「一の太刀」を会得したのも、この逗留期間であった。のち

には、一羽は、長威斎の再来とうたわれた。一羽が、その腕前を証明する試合を記録にのこしていないのも、いかにも、師卜伝の生涯に似ている。一羽もまた、極力、血なまぐさい決闘を避けることに終始した人であった。

某夜、卜伝は、一羽が、何事かを考え込んでいるので、理由を問うた。

「ある者に、試合を挑まれましたが……工夫がつきませぬ」

と、一羽は、自嘲してみせた。

「その者の流派は？」

卜伝が、訊ねた。

「上泉伊勢守より陰の流を習って、新たにそれに奇手を加えたと称して居ります」

これをきくと、卜伝の眉宇《びう》が、一瞬、険しく、ひそめられた。が、すぐ無表情に戻ると、

「奇手とは、いかなる太刀筋を用いるのか？」

「構えは左太刀。そこから、相手の利き腕を斬り落すのを、もっぱらの得意の技として居ります」

「片手斬りだけを得意とするのだな」

「左様――」

間合の変化だ、と卜伝は思ったが、一羽にそれを教えてもわかるまい。

「うちすてておくのだな」

その時は、卜伝は、笑ってすませた。

相手は、しかし、挑戦を止めなかった。

再三の催促に、一羽が、あらためて卜伝に相談すると、

「試合に当って、片手斬りは、卑怯ゆえ、無用に願いたい、と返辞を出すがよい」

と、卜伝は教えた。

一羽が、その通りに申し送ると、相手は、折返して、

「当方の流儀についての御意見こそ無用に願いたい。試合の儀を致されるか、致さざるか。もし、左太刀片手勝負厭《いや》と思召すならば、試合せずして、当方の勝ときめ申す。如何に？」

と、きめつけて来た。

これに対して、卜伝は、一羽に、同じ申し入れを書き送らせた。

すると、相手もまた、同じ返辞を寄越して来た。

同じ押問答は、十度くりかえされた。

「もうよかろう」

卜伝は、笑い乍《なが》ら、一羽に、試合をゆるした。つまり、卜伝は、片手斬りという妖剣を使う相手に対して、心理的な駆引をもちいたのである。

あとは、卜伝は、

「常に、まっすぐに、相手に正対することを心掛けるがよい」

と、さとすことで足りた。

野球でいえば、非常にそれて飛んで来る球にも、両手で受けとめられるように姿勢をその真正面にもっていけ、というようなもので、きわめて簡単な道理であった。

試合は、小野川の岸辺、葦《あし》をわけて吹きつける寒風のただ中で、朝霧の散った時刻に、おこなわれた。

相手は、天下の渡者らしく、別に検分役などを連れてはいず、一羽もまた一人であった。卜伝は、見なくとも、結果がわかっていた。

相手は、乱髪を風になびかせて、近づくと、ふてぶてしく、にたりとした。わが片手斬りを極端に怖れる一羽を、頭から呑んでかかった倨傲鮮腆《きよごうせんてん》を露骨にむき出していた。卜伝が、思うぞんぶんに、慢心させたのである。

一羽の態度は、かたわらの葦のごとく静かであった。

試合は、あっけなかった。

相手は、おのれの利とする距離に迫るやいなや、左太刀の構えから、たッと跳躍して、片手斬りに出たが、その一瞬の間、静を保っていた一羽が、猛獣の呶号《どごう》に似た掛声もろとも、まっ向から、ずうんと斬り下していた。

次の刹那、一羽は、一歩、右へ体をひらいて、脇構えに——相手を睨《にら》んだ。

相手の額から、鼻梁、顎へかけて、一線の血のすじが、ばくっとざくろ割りになった。

倒れるのを支えようとして、上半身を烈しく痙攣《けいれん》させたが、ととっとよろめくや、どうと横倒しになった。

妖剣に対して一瞬の勝をおさめた諸岡一羽が、卜伝の秘太刀を授けられたものとして、世に喧伝されたことは、当然である。実際、この試合は、一羽の試合というよりも、卜伝の試合といったほうがいい。ところが、卜伝は、一羽に、妖剣に勝つ秘術を一手も教えたわけではなかったのである。

世間の印象は、

「弟子の一羽があれほど強いとすれば、卜伝の強さは、はかり知れないものがある」

ということになった。

この一事で、卜伝の声価が、決定するに充分であった。

たしかに、卜伝の兵法は、技術的には、この頃、殆ど完成の域に達していたのである。

尤も、卜伝としては、おのれの流儀に、何々流というような名をつける気持は、未だなかった。また、当時の達人は、自らおのれの流儀にわざわざ呼称を付することはせず、世間が呼ぶにまかせた。

「当流は……」とのみ云う卜伝にしたがって、いつしか、人々は「新当流」と勝手に呼びなし、それが、「卜伝流」といわれる頃、彼の名は、天下にとどろいたのである。

七

卜伝の旅は、七年つづいた。

その旅路の終り近く、卜伝は、下館《しもだて》の旅宿に投じた。

下館も、当時、城下町として、人々の往来はげしかったところである。

相模屋というあまり上等でない旅籠《はたご》に入って行った時、卜伝と相前後して到着した男女があった。

武士は、四十五、六歳で、陰険な顔つきの、一見して諸国浪々の風体であった。女は、若かった。どこか面《おも》やつれしてはいるが、生活の垢に未だまみれぬ気品のある起居《たちい》振舞をみせた。ということは、かなりの身分、すくなくとも、水仕事などを知らぬ育ちと思われた。

二人を一瞥《いちべつ》して、もとより男女の関係に興味もなければ、それがどんな関係か見分けのつく卜伝でもなかったが、なんとなく、不自然なものを直感した。二人は、夫婦ではない。夫婦らしい睦まじさも、お互いの挙動に狎《な》れた気配もなかった。

いや、それどころか、女の表情には、一種名状し難い苦悩の翳《かげ》が刷《は》かれていた。

卜伝が、行きずりの旅で、たまたま同宿した牢人者に添うた女人について、一室にくつろいでからも、妙に心を残したのは、兵法者なればこその鋭い直感力が働いたからであった。

卜伝は、女の表情を暗くしていたものが、まぎれもなく、心にひそめた殺気だ、と気がついたのであった。

「何かが起るな。……あるいは、あの婦人は、連れの武士を殺すかも知れぬ」

予感というよりも、確信に近かった。

しかし、卜伝は、女の殺意の事情にまで、想像の翼をひろげるのを避けた。

ところが――。

卜伝が、不浄に立って、また、件《くだん》の女人と廊下ですれちがった時、意外にも、彼女は、非常になまめいた姿に変っていたのである。さっきとはうって変った女の様子に、卜伝は、はぐらかされたような気持を味わい、かえって、一層の不安をおぼえた。

そのために、卜伝としたことが、珍しく、睡《ねむ》りを得ることが出来なかった。やむなく、必要もないのに、再び不浄に立った。そして、その部屋へ、気をくばった。殆どの部屋が灯を消してしまっているのに、その部屋は明るく、件の武士の酔った声と、小さくそれに応ずる女の声がきこえて来た。

事態は、卜伝の観測と別の様相を呈していた。しかし、卜伝の心中は、女の暗い表情がひそめていた殺気にこだわり、それを否定しきれなかった。

そうして――それから半刻《はんとき》も経たぬうちに、卜伝の直感は、現実となって裏書きされた。

けたたましい物音が――凄じい吶号、何かがぶっつかるにぶい音、甲高い悲鳴、障子の倒れる音などが入りまじって、深夜の静寂を一挙にかきみだした。

がばとはね起きた卜伝は、それらの物音の中から、はっきりと、男の断末魔のひくい呻《うめ》きをききわけていた。

まさしく、それは、例の部屋から起ったのである。

旅籠中が、大騒ぎになり、黒山になった人々のうしろから、卜伝も、部屋の内部を覗《のぞ》いてみた。

事態は、さらに、複雑なものへと進展していた。

たしかに、牢人者は、殺されていた。女が、そばで、慟哭《どうこく》していた。

殺された牢人者も、女も、みだらな営みの名残りのままに、全裸に近かった。

部屋の一隅に、まだ昂奮しきって、血刀を摑《つか》んだ若い、ひよわな感じのする武士が、立ちすくんでいた。

牢人者は、むざんにも、女との情事の最中を、矢庭に踏み込まれて斬られたのである。

苦痛に剝出《むきだ》した眼球、開いた口から流れ出たよだれ、敷蒲団の端を摑んだ片手、頸《くび》、肩、背中など、未熟な太刀で割られた幾箇所もの傷口からじくじくと滲《にじ》み出る血潮。そして、かたわらに俯《うつぶ》した女の、あらわになった太腿《ふともも》に、べっとりと塗られた返り血。

正視に堪えない、あさましい醜悪な光景であった。

卜伝は、顔をそむけて、自分の部屋にひきかえした。卜伝は、痴情の沙汰と見てとったのである。

しかし、翌朝にいたって、きくともなしに、卜伝の耳に入った、その夜の惨状の真相は、まったく卜伝の意想外のことであった。

すなわち、女は、血刀を携げていた若い武士の妻だったのである。牢人者は、若い武士の父の仇《かたき》ということであった。

夫婦は、仇を討たねばならなかった。しかし、格段に腕がちがっていた。そこで、若い武士は、妻に因果をふくめたのである。妻の貞操を犠牲にして、左様、若い武士は、見事に、仇を討つことは討った。

卜伝は、真相をきいて、暗然たる感慨にとらわれた。敵を討つために若い武士が用いた方法についてよりも、目的をとげるためのむごたらしい道具にされた妻の気持についてであった。

卜伝は、二階の窓辺から、逃げるように旅籠を発《た》って行く夫婦の姿を——就中《なかんずく》、良人《おっと》に一歩おくれて、ふかくうなだれた妻の、白い項《うなじ》に、視線を落して、

――どうなるのであろう、あの女人は？

と、思いやらずにはいられなかった。

所詮、卜伝には、卑劣で未熟な良人のために、仇に肌をゆるした妻の気持など、到底理解の埒外《らちがい》にあった。ただ、卜伝に、この時想像がついたのは、やがて、女は、すてられるであろうということだった。

本懐をとげたあかつきには、すてられることを、女は覚悟していたに相違ない。覚悟して、卑劣で未熟な良人のために尽した女心とは、いったい、なんであろう？

この事件が、卜伝の女性観の形成に、殆ど決定的ともいえる不信の要素を与えたことは、卜伝が一生妻をめとらなかった結果としてあらわれたことでわかる。

卜伝は、街道の彼方に、豆粒程に小さくなった夫婦の姿へ、なおも、眼眸《まなざし》を送りながら、

――自分が信頼出来るのは、剣のみだ。

と、呟いていた。

柳生五郎右衛門

一

少年は、庭はしで、蟻《あり》の行列を、あかずに眺めていた。

蟻の行列の端には、黒砂糖がひとつ、置かれてあった。少年が、置いたのである。

少年は、あたたかな春の陽ざしの落ちた庭のあちらこちらを、せっせと動きまわる蟻を見て、ふと思いついて、餌《えさ》を与えてみたのである。

蟻の行列は、あっという間に、つくられた。

——声も出せないものが、どうしてこんなに多勢を呼び集められるのであろう?

少年には、ふしぎでたまらなかった。

少年は、人の気配に、顔を擡《あ》げてみた。

日向《ひなた》の縁側に、少年の父が現れた。その左の拳《こぶし》には、一羽の隼鷹《じゅんよう》が、のせられていた。

少年の父は、庭さきへ降り立つと、隼鷹の背の美しい斑文を撫でながら、なにか、云いかけている。

日頃かたわらからはなさぬこの愛鳥に向って、話しかけるくせが、少年の父には、あった。

少年は、それで、父に、声をかけるのを遠慮した。物云わぬ蟻がどうして、黒砂糖が置かれると、すぐさま、群集りて、行列をつくるのか、父に訊ねれば、こたえがある、と思ったのであるが、少年には、父の孤独をみださぬ思慮があった。

ここは、摂津の有馬温泉の湯宿であった。

少年の父は、大名で、この湯宿は、渠《かれ》の専用であった。他の客は泊めなかった。

そこは離れの中の庭で、母屋は、長い渡殿《わたどの》でつながれ、家臣たちは、母屋の方にいた。

離れには、少年と父と隼鷹だけが、逗留していた。

少年は、父の晩年の子で、父はすでに還暦を数年過ぎた老齢に達していた。四男である少年は、父から最も愛されていた。

父は、年に二度、この有馬へ来るが、少年はもう三年つづけて、ともなわれていた。

少年は、ふと、父の背後の縁側の下に、一箇の黒い影を、みとめて、はっとなった。

その離れの床は、四《よ》ン匐《ば》いにならずとも、子供なら、ちょっと、首をひっこめる程度で歩けるぐらい、高かった。

縁の下の黒い影は、中腰になって、じっと動かぬ。

少年は、刺客だと直感した。十二歳の少年は、父が刺客に狙われることがあるのを知っていたし、また、父が日本一の兵法者であることも、知っていた。

少年は、父に危険を報《しら》せるかわりに、父がどのようにして、この刺客の襲撃を躱《かわ》すであろうか、という興味を、とっさにわかせた。ただの少年ではなかった。物心ついた頃から、木太刀をつかんで、けんめいに兵法修業をしていたのである。

刺客は、縁側の下から、気配をひそめて、鋭く目を光らせている。

少年の父は、敵が背後にひそむことを、全く気づいていないように、愛鳥を撫でさすりながら、話しかけている。

刺客が、すこしずつ、動きはじめた。

少年は、固唾《かたず》をのんだ。全身が石のようにかたくなっていた。

刺客が、陽ざしの落ちた地点まで、忍び出て来た時、少年は、思わず、声を立てようとした。

その瞬間——。

白刃を閃《ひらめ》かしざま、刺客は、少年の父めがけて、躍りかかった。

凄じい横なぐりの車斬りであった。

同時に——。

少年の父は、腰の小刀を、抜く手も見せず刺客へ投げつけていた。

のけぞる刺客の胸に、小刀がふかぶかと、突き刺さっているのを、少年は、みとめた。

少年には、刺客の車斬りを、父がどうして躱したか、わからなかった。父は、ほとんど動かなかったからである。

少年は、立上がって、茫然となった。

おどろくべきことは、まだ、あった。

父の左の拳の上にいる隼鷹が、もとのまま、頭を立てて、鋭い目を空に送って、動かずにいることであった。

鷹は、殺気をあびせられるや、当然、羽音高く、空へ飛び逃げるものであった。それが、動かずにいる、というのは、どうしたことであったろう。

主人を絶対に信頼しているにもせよ、鷹はやはり鳥でしかないのだ。おどろけば、飛び立つのが、あたりまえではないか。

主人が、小刀を抜きつけに投げ、刺客が血汐を宙に撒いて、仆《たお》れたのを、鷹は、全くそ知らぬふりなのであった。

二

少年の父は、柳生石舟斎宗厳《やぎゅうせきしゅうさいむねよし》であり、少年はその四男五郎右衛門であった。

石舟斎は、刺客が地面に俯伏《うつぶ》して動かなくなるのを見とどけておいて、はじめて、隼鷹を、拳から放った。

隼鷹は、ようやく自由を得た悦《よろこ》びを、羽音にこめて空高く翔《か》けのぼって行った。

少年は、同じ場所に立ちつくして、ただ大きく目を瞠《みは》って、父を見まもっていた。

その時、なにかの用事で、離れへ来た家来が、庭さきに事切れている刺客の姿を発見して、

「これは！」

と、愕然となった。

「殿、こやつ、殿を襲うて参りましたので——？」

「うむ、多分、松永家の旧臣であろう。ていねいに、葬ってつかわせ」

「まだ、ほかにも、ひそんで居るやも知れませぬ。すぐに、探索つかまつります」

「いや、この男一人だけであろう。昨夜から、床の下にひそんでいたのを、わしは気がついて居った」

「はっ?!」

「いつ襲うて参るか、と待って居ったが……、ひどう間抜けた攻撃をして参ったものだ」

「と仰せられますと？」

「五郎が、あそこで遊んで居って、わしに、教えてくれた」

すなわち、石舟斎は、わが子の様子から、背後の敵の動きをはかっていたのである。

ともあれ、柳生五郎右衛門が、わずか十二歳で、父石舟斎の神技を見せられたことは、重大な意味を持った。


柳生家は、ただの兵法者の家ではなかった。

その先祖は、神代までさかのぼる。

神代の時、天香久山《あまのかぐやま》の岩戸が、双《ふた》つに割れ、そのひとつは虚空に飛び去ったが、もうひとつは、大和国にとどまった。それを、神戸《こうど》岩と称した。神戸岩のほとりに四庄があった。

大柳生の庄、坂原の庄、邑駈《むらはせ》の庄、小柳生の庄の四庄である。

神代このかたの霊地として、住民らは、誇りを持っていた。

藤原家がこれを領し、頼通《よりみち》の時、四庄は、奈良の春日神社に寄進された。

やがて、春日神職領がさだめられ、四庄には、それぞれ領家ができた。

小柳生庄を領したのは、大膳永家であった。すなわち、柳生家の先祖である。

後醍醐《ごだいご》帝の時世に、柳生家は、その土地を失った。

柳生家の庶子の一人が、笠置寺に入って、僧となり、中坊と称した。

元弘元年、後醍醐帝が、笠置寺に潜幸《せんこう》した際、このあたりに、自分を援《たす》けてくれる者がいないかと下問された時、勅答したのが、その中坊であった。

「河内の国、金剛山の麓《ふもと》に、楠《くすのき》多聞《たもん》兵衛《ひようえ》正成《まさしげ》と申す者が居ります。勇気と智略を兼備して居る豪族でありますれば、必ず帝《みかど》のお役に立つことと存じまする」

この勅答が、建武の維新に際して、小柳生庄の旧領を、復せしめた。

中坊は、おのが兄永珍を迎えて、領主とした。

以来、柳生家は、連綿として、小柳生庄の豪族として、家門の誇りを継いで来た。

下剋上《げこくじよう》の戦国時代を迎えるや、小柳生庄も、権勢争奪の嵐からまぬかれることはできなかった。

足利将軍の権勢は、管領細川に奪われ、細川の権勢はやがて、その被官の三好長慶《みよしながよし》に取られた。

三好長慶とその家臣松永久秀《まつながひさひで》は、急速に、その実力をのばした。

永禄初年には、三好の勢圏は、山城、摂津、河内、大和、和泉、淡路、阿波に及んだ。

永禄七年夏、三好長慶が逝くや、その権力は、松永久秀の手に移った。

小柳生庄の領主柳生家厳は、当然、三好、松永の命令下に置かれた。

三

足利将軍義輝《よしてる》は、三好、松永らに追われて、三度も近江へ遁《のが》れる運命を負うて居り、そのために、身を守るために剣を学び、一流の使い手であった。はじめ塚原卜伝《つかはらぼくでん》に学び、のち上泉伊勢守《かみいずみいせのかみ》の手ほどきを受けている。

義輝は、三好長慶が逝くまで、じっと隠忍自重して、機会の来るのを、待っていた。

長慶が逝ったときいた義輝は、

――秋《とき》が来た！

と、決意した。

しかし、義輝が決意した時には、すでに、松永弾正《だんじょう》久秀の方が、義輝弑逆《しいぎゃく》のほぞをかためていた。

永禄八年五月十九日、清水詣《きよみずもうで》と披露して、義輝を油断させておいて、松永の手勢は、突如、室町御所を包囲すると乱入した。

宿直《とのい》の士《さむらい》は、いずれも、えらばれた使い手ぞろいであったが、一対二十人以上の闘いでは、抗すべくもなかった。

自室に在った義輝は、もはや遁れられぬ身とさとると、

五月雨《さみだれ》はつゆかなみだか時鳥《ほととぎす》
わが名をあげよ雲の上《お》まで

と、辞世をしたため了えて、秘蔵の剣を把《と》って、立った。

その業《わざ》の冴えは、忽《たちま》ち、十数人の鎧武者《よろいむしゃ》をあの世に送った。

池田丹後守《たんごのかみ》が、物蔭にひそんでいて、義輝の足を薙《な》ぎ、倒れるところを、兵らに障子で押えつけさせておいて、槍で突いた。

義輝は、身に数箇所の深傷《ふかで》を負いつつも屈せず、奥へ遁れて、火を放つや、自らを焔《ほのお》の中へ投じて、相果てた。

三好、松永の権勢の前に、身を屈していた柳生家厳、宗厳父子も、このあまりに残忍卑劣な弑逆ぶりに、憤激した。

そして、ついに、松永に叛《そむ》いて、織田信長《おだのぶなが》に荷担した。

松永弾正は、天正五年十月十日、信貴《しぎ》の城を攻め落されて、自害したが、その戦いに於いて、織田の軍勢を大和へみちびき入れたのが柳生氏である、と噂された。

松永家の旧家臣らは、柳生父子を怨み、復讐を誓って、つぎつぎと刺客となって、家厳、宗厳の生命を尾《つ》け狙ったのである。

この復讐の一念は、執拗をきわめ、織田信長の時代が終り、豊臣秀吉《とよとみひでよし》の時代に移っても、なお、いささかもうすれることはなかった。

柳生家厳が、八十九歳で逝ったのは、本能寺に於て織田信長が斃《たお》れてから二年後の天正十二年であった。

その時すでに、宗厳は、柳生谷の城にとじこもって、いかに秀吉に要請されても、戦場に出ようとしなかった。

もし、宗厳が、信長及び秀吉の麾下《きか》に加わって、戦場を馳駆していたならば、おそらく、数十万石の大大名になっていたに相違ない。

宗厳は、巨大な城の主になることよりも、一流の兵法者たる道を、えらんだのであった。

表裏反覆の目まぐるしい政権争奪の戦いを、宗厳は、嫌悪したのである。

宗厳に、名利をすてさせたのは、南伊勢の百六十万石の太守多芸御所・北畠具教《きたばたけとものり》であった。

北畠具教は、塚原卜伝から「一ノ太刀《ひとつのたち》」をさずけられた新当流二代目の流祖であった。

具教は、のちに、上泉信綱《のぶつな》からも、新陰《しんかげ》流の奥旨を伝授されて居り、その業前《わざまえ》は、卓絶していた。

中条《ちゅうじょう》流を学んだ柳生宗厳は、この多芸御所を、尊敬していた。

具教が、上泉信綱をともなって、柳生谷へやって来たのは、永禄七年春のことであった。

具教は、宗厳を信綱に立合せて、剣のおそろしさをさとらせる目的であった。

宗厳は、若い頃、塚原卜伝から教えを受け、卜伝が去ったのちも、卜伝の高弟神島新十郎から学び、中条流の剣に於いては、天下一流と自負していたのである。

具教は、その自負をくじくことによって、宗厳に、剣のおそろしさをさとらせたかった。すなわち、剣は、ひとつの極意を会得した、と思っても、必ずしも、それが無敵のものではないことを、具教は知っていたのである。

上泉信綱は、しばらくの座談を交しているうちに、柳生宗厳が、兵法に就いて、いささか、たかをくくっている様子を、看《み》て取った。

宗厳は、信綱が一向に立合おうとする気配をみせないのに、苛立《いらだ》って、催促した。

すると、信綱は、供の一人の疋田文五郎《ひきたぶんごろう》を指名して、

「お前、お対手《あいて》をいたせ」

と、申しつけた。

宗厳と文五郎は、木太刀を把って対峙した。

その業は、比べもならぬ差があった。

対峙するやいなや、文五郎は、

「その構えは、悪し！」

と、云いざま、宗厳の小手を奪った。

二回目の立合いに於いても、文五郎は、同じ言葉をあびせざま、宗厳の小手を摶《う》った。

三回目も、全く同じであった。

「その構えは、悪し！」

その声とともに、宗厳の手から木太刀を、とり落させてしまった。

宗厳には、どうして、このように小児扱いされて、あっけなく負けるのか、判らなかった。

四

柳生宗厳は、上泉信綱の前に坐ると、何故自分が斯様《かよう》にあっけなく敗れるのか、教えを乞うた。

信綱は、微笑して、

「いま一度、太刀を把られい」

と、云い、おのれは、無手で、宗厳の前に立った。

これは、兵法者としては、侮辱であった。宗厳は、憤りをおぼえつつ、青眼の太刀を、じりじりと進めた。

信綱は、両手をダラリと下げたなり、ただの静止の姿勢をとっているばかりであった。

隙があるといえば、信綱の全身は、隙だらけであった。

宗厳は、その切先が、信綱の胸前一尺まで、迫った。

撃てば、撃ったところの骨が砕けそうであった。宗厳は、そのために、一瞬、ためらった。

すると、

「何をされて居る?」

信綱の声が、催促した。

宗厳は、

「ごめん!」

ことわりざま、信綱の脳天めがけて、撃ち込んだ。

次の刹那——。

宗厳は、茫然と自失した。

信綱の五体が動いた——と視《み》た一瞬、すでに、おのが太刀は、信綱の手に移っていたのである。

宗厳は、総身を冷汗が流れるのをおぼえた。

おのが中条流は、正統を継いだものであり、その業に於いて、塚原卜伝の高弟神島新十郎から、

「充《み》ちて居られる」

と、みとめられていたのである。

当時——。

剣を学ぶ者は、飯篠山城守長威斎《いいざさやましろのかみちょういさい》の天真正伝神道流《てんしんしょうでんしんとう》を源流として、尊んでいた。塚原卜伝も、上泉信綱も、ともに、その出発にあたっては、まず、天真正伝神道流を学んだ。卜伝の方は、松本備前守尚勝に師事し、やがて、「一ノ太刀」を創った。信綱の方は、愛洲移香《あいすいこう》の剣をわがものにして、これにおのが独自の工夫を加えて、新陰流を編んだ。

しかし、飯篠長威斎が天真正伝神道流を創る前に、すでに、中条流は、あった。中条流は、鎌倉寿福寺の僧慈音《じおん》から起こった。鎌倉幕府以前である。

慈音は、べつに、おのが剣に、何流などとは、名づけなかった。「流」などというものはなかったからである。

この剣を、鎌倉幕府の評定衆であった中条家が、継いで、代々伝えた。それでも、べつに、中条流とは、いわなかった。

中条兵庫助長秀《ちゅうじょうひょうごのすけ》という俊秀があらわれて、足利三代将軍義満《よしみつ》の師範となってから、

その流名がひびいた。

この中条流を、小柳生庄の柳生家が学んで、次代へつたえて来たのである。

宗厳に至って、中条流をさらに大成すべく、諸流の奥義を知ろうとしたのである。

中条流使い手として、五畿内随一という称が、宗厳にはあった。

にも拘《かかわ》らず――。

宗厳は、小児のごとく、疋田文五郎から太刀を撃ちおとされ、信綱からは、奪い取られてしまった。

しかし、宗厳は、屈しなかった。

「三日の御猶予をお願いつかまつる」

中条流正統を継ぐ者として、斯様に無慙《むざん》な敗北を喫して、そのまま、膝を屈するわけにはいかなかった。

新陰流に対する中条流の工夫が、必ずあるべきだ、と宗厳は、考えたのである。

多芸御所・北畠具教と上泉信綱を、客館へ逗留させておいて、宗厳は、三日間、一心不乱に、業を工夫した。

そして、あらためて、無手の信綱の前に、中条流上段の構えを、とった。

結果は、全く同じであった。

宗厳は、絶望した。

その夜、更けて、宗厳は、北畠具教を、その部屋に問うて、

「あまりの未熟に、生きてゆく甲斐もなき次第に相成りました」

と、告げた。

具教は、こともなげに、

「御辺《ごへん》は、ここらあたりで、業をすてる必要があろうか、と存ずる」

と云った。

五

「業をすてる、とは？」

宗厳は、訊ねた。

「御辺は、これまで、すべての面で、いささか、欲が深すぎたようだ。世俗の名利についても、また剣に於いても――。これが、わざわいして、かえって、太刀筋が狂ったかに思われる。例えて申さば、松永久秀に従って、京へのぼり、大国を領する野望を起すならば、名分なき戦さを為《な》すために、あらゆる権謀術数を用いなければ相成らぬ。兵法者としては、これほど、心をわずらわされる邪道はないであろう。……剣の道は、覇者の道とは、全くちがって居る。いずれを、えらぶかは、御辺の自由だが……」

具教は、そうこたえた。

宗厳は、その言葉に、おのが目をひらかれた。

上泉信綱は、兵法以外に、二心のない人物であった。

功名も富貴も栄達も、心にはなかった。

信綱の居城は、上州の大胡《おおご》城であったが、嗣子秀胤に与え、後見として弟主水を置き、おのれは、自由気ままに、諸国をわたり歩いていた。

大胡城は、武田信玄の支配圏内に置かれていたが、信綱は、信玄の家臣扱いにされるのを好まず、越後の上杉謙信にも、新陰流の技を示した。国取り城取りの功名心は、皆無であった。

具教は、宗厳に、

「御辺ならば、この柳生谷に、城門をかたくとざせば、兵法ひとすじに、すごすことができよう。……新陰流の剣を、享《う》けて、後世につたえてもらいたいと思うて、伊勢守をともなったのだが、如何であろう、名利をすてる存念にはならぬか?」

と、すすめた。

宗厳は、ふかく頭を下げた。

その日から、宗厳は、大大名の道へ進む野心をすてた。

翌年、松永久秀が、軍を率いて、京へ入り、将軍義輝を弑逆した時も、宗厳は、久秀の命令をかたく拒否して、柳生谷から出なかった。

その日々は、剣をふるうことのみであった。

二年の後、上泉信綱は、再び、柳生谷の館へ現れた。

宗厳の願いによって、立合った信綱は、こんどは、無手ではなかった。

対峙して、ややしばらくすると、信綱は、すらっと青眼の木太刀を引いた。

「御精進のほど、しかと見とどけ申した」

そう云った。

それから、半年の間、信綱は、柳生谷にとどまって、新陰流の奥義を、ことごとく、宗厳にさずけた。

去るにのぞんで、信綱は、

「向後《きょうこう》、はばかりなく、この一流兵法を、柳生新陰、と称《い》われるがよろしかろう」

と、云いのこした。

信綱は柳生谷に在る期間、よく、

「それがしには、まだ、無刀にして勝を制する術の工夫が足り申さぬ」

と、宗厳に、云っていた。

新陰流の到達するところは、無刀で勝つということである。それが、信綱の念願であった。

爾来《じらい》、柳生宗厳は、信綱が念願とする剣の真髄に向って、一歩一歩近づいてゆく努力をつみ重ねたのであった。

無刀の術とは、素手で勝つ、ということではなかった。不意の襲撃に対して、こちらが、刀槍を把れぬ場合がある。その時は、手にふれる何でも、これを得物として、闘わねばならぬ。その得物を、ふせぎのためではなく、反撃の武器とする。さらにまた、あたりには、手につかむべき何物もない場合がある。その時は、敵の刀なり槍なりを、奪わねばならぬ。

これは、云うは易く、為すのは至難である。

宗厳は、この境に入るべく、常に、自室の床の間には、信綱が書きのこした三首の歌を、掛けていた。

よしあしと思ふ心を打捨て
何事もなき身となりて見よ

おのづから映ればうつる映るとは
月も思はず水も思はず

いづくにも心とまらば住みかへよ
長らへばまたもとのふるさと

六

宗厳には、四人の男子があった。

嫡男は新二郎厳勝《としかつ》、次男は宗矩《むねのり》（のちの但馬守《たじまのかみ》）、三男は十郎左衛門、そして四男が五郎右衛門であった。

上の二子と下の二子は、腹ちがいであり、年齢の差があった。

宗厳は、嫡男厳勝が二十歳になると、小柳生庄を、ゆずって、おのれは、隠居のかたちをとった。しかし、実際には、領主たることに、かわりはなかった。

天正七年、織田信長が、足利義昭《よしあき》を擁して、上洛した際、宗厳は、所領を安堵させるために、厳勝を、信長の許《もと》へおもむかせた。

厳勝は、大和勘定《かんてい》の案内者を命じられて、筒井順慶《つついじゅんけい》の麾下に加えられた。

その功によって、柳生家には、かなり恩賞があるべきであった。

ところが、結果は逆であった。

柳生家の家臣松田某が、厳勝を激怒させる行状を為して、追放されると、それを逆恨みして、

「柳生には、かくし田があり、上《かみ》をいつわって居りました」

と密訴したのであった。

このことが、信長の耳に入った。

信長は、事実の有無を調べもせず、

「柳生から、領地を没収せよ」

と、命じた。

宗厳はやむなく蟄居《ちっきょ》し、石舟斎と号して、いよいよ、世俗の事から遠ざかった。

嫡男厳勝は、筒井順慶の家臣となり、次男宗矩は、徳川家康に仕えた。

宗厳の許には、少年の十郎左衛門と、五郎右衛門が残った。

領地を奪われた、といっても、柳生谷の館にそのまま、宗厳は住み、領民たちは、依然として、柳生家を主人と仰いでいた。いわば、命令権をうしない、あがる米を自由にできなくなったが、実際には、くらしには困らなかったのである。

少年五郎右衛門が、摂津有馬温泉の湯宿で、父の秘技を視たのは、その頃であった。

五郎右衛門が、十四歳になった時であった。

某日、一族の謀叛《むほん》に遭って滅亡した北畠具教の旧臣の子息の一人が、柳生谷を訪れた。

田毎大三郎と名のった若者は、

「先日、父が亡くなる際、多芸御所を襲って、これを弑逆した不義者どものうち、襲撃隊長小野田左衛門は、まだ生き残って、織田麾下にあって、羽ぶりをきかせているのが、いかにも無念ゆえ、機会あらば、仇討せよ、と遺言つかまつりました。……しかし乍《なが》ら、それがしは、いまだ、正しい剣を学んで居りませぬ。この未熟の腕前にて、敵に立ち向えば、必ず、返り討ちに遭うものと存ぜられます。……願わくば、敵を討ちとるための業、一手をお教え下さいますよう、願い上げます」

と、乞うた。

多芸御所・北畠具教は、天正四年に、四十九歳で、滅んでいた。

具教が、北伊勢に侵入した織田信長の強引な婚姻政策に屈して、伊勢・志摩・熊野・南大和百六十万石を、信長の次男信雄《のぶかつ》と信孝《のぶたか》を養子に迎えて、譲り渡し、隠居して、大河内城に移ったのは、四十二歳の時であった。

それから、七年後に、具教は、木造《こづくり》具康《ともやす》（日置《へき》城主七万石）田丸中務少輔《たまるなかつかさしょうゆう》（田丸城主五万五千石）ら一族の伊勢管領の謀叛に遭うたのであった。

具教は、侍臣の一人に裏切られて、毎日すこしずつ、食膳に毒を盛られて、からだが衰弱させられていた。

その年、冬になって、大河内城を出て、内山里という温暖な地に、避寒に出かけたところを、突如として、謀叛の軍勢に夜撃されて、斬り死して相果てたのであった。

その最期は、壮烈無比であった、という。

足利将軍義輝が、松永久秀勢に襲われて、十数人の鎧武者を斬り伏せたのと、よく似ていた。

ただ、具教は、毒を盛られて、身体が衰弱していたので、その闘いぶりは、義輝よりも、さらに悲惨な光景であった。

具教は、魔神に似た凄じい闘いをくりひろげて、十八人までも斬った。

そして、ついに、襲撃隊長小野田左衛門の槍を、背中に受けて、殪《たお》れたのであった。

田毎大三郎という若者は、旧主の無念を、亡父に代って、はらしたい、とほぞをかためているのであった。

宗厳は、しばらく、黙然としていたが、

「よろしい。お許に、一手を教えよう」

と、云った。

手を打って、四男の五郎右衛門を呼ぶと、

「よい機会ゆえ、そなたは、この若者の仇討の助太刀をいたすがよい。ついては、両名に、必ず、敵に勝つ一手を教える。……剣というものは、一朝一夕で学ぶことは叶わぬ。十年、二十年の精進によって、はじめて、不敗の剣を会得できるもの。しかし、仇討が明日に迫っているのであれば、これを遂げるのは、ただ一手しかあるまい。よく、きいておくがよい」

と、云うと、一刀を携えて、庭へ出た。

七

それから、五日後の、肌寒い曇り日の午后――。

十九歳の若者と十四歳の少年は、京都嵯峨のほとりの、小松の疎林の中に立っていた。

疎林のむこうに、辻があった。

帷子《かたびら》の辻、といい、檀林《だんりん》皇后の遺骸を、この嵯峨野に葬った際、帷子が道へ落ちた。それで、この地名が起ったという。

この辻から、上嵯峨、下嵯峨、太秦《うずまさ》、常盤、広沢、愛宕へと、道が岐《わか》れる。

田毎大三郎と柳生五郎右衛門は、生まれてはじめて真剣の勝負をする緊張で、顔を蒼ざめさせていた。

やがて――。

「来た！　あいつだ！」

田毎大三郎が、小さく叫んで、大きく胸を喘《あえ》がせた。

多芸御所・北畠具教を討ちとった小野田左衛門は、異常なまでに大兵《だいひょう》の武士であった。

連銭葦毛《あしげ》の駿馬に、うち跨《またが》って、悠然と胸を張り乍ら、近づいていた。

前後に小者が二人ずつ、そして、ややおくれて、これも大兵の八字髯《ひげ》のさむらいが、従って来た。

小野田左衛門が、この日この時刻、帷子の辻を通ることは、予《あらかじ》め田毎大三郎のつきとめていたところである。

小野田左衛門が、槍の達人であることはきこえていたが、左衛門が外出すると、影の形に添うごとく、必ず、従っているその八字髯もまた、南都宝蔵院の僧あがりで、町久保胤馬という兵法者であることは、あまり知られていなかった。

町久保胤馬は、地下《じげ》の娘を犯した咎《とが》で、宝蔵院を破門され、槍を把ることも禁じられていたが、その槍術を、剣の突きに応用して、凄じい迅業《はやわざ》を放つことを、田毎大三郎と柳生五郎右衛門は、柳生谷を出る際、石舟斎の高弟の一人から、きかされていた。

石舟斎は、宝蔵院胤栄《いんえい》と交遊があり、したがって、柳生の高弟たちも、宝蔵院の僧たちと親しかった。

宝蔵院から破門されて、町久保胤馬と名のる男が、小野田左衛門の家来になっていることは、風の便りにきこえていたのである。

胤馬の剣の凄じい突きを、宝蔵院の僧で、見た者があった。

胤馬が、片足をふみ出した時、すでに、敵の胸から背まで、突き通していた、という。

田毎大三郎は、小野田左衛門にあたり、柳生五郎右衛門は、町久保胤馬にあたる手筈であった。

父石舟斎に命じられて、助太刀に出で立とうとした時、高弟の一人が、顔色を変えて、石舟斎に、

「若お一人にては、とうてい、町久保胤馬を討つことは、叶いませぬ。それがしに、お供を――」

と、願い出た。

しかし、石舟斎は、かぶりを振って、

「わしの秘伝を、五郎にさずけてある。相討ちになるかも知れぬが、敗れることはない」

と、しりぞけたことであった。

宗厳は、大三郎と五郎右衛門を、庭にともない、次の秘伝をさずけたのである。

「わしは、剣を学んだことのない者でも、必死になれば、必ず勝つ一手を編んで居る。いまだ、誰にも教えたことはない。いま、そちたちに教える。かりに名づけて、刀盤《つば》の法、と申しておこう。よいか、切先を以て人を斬る者は敗れ、刀盤を以て人を斬る者は勝つ――このことじゃ」

そう教えておいて、宗厳は、つかつかと、石塔に近づいた。

「よいか、いま撃つのは、切先だぞ」

云いざま、気合もろとも、振り下した。

塔の笠はしに、火花が散ったばかりであった。

「こんどは、刀盤を以て、斬る」

宗厳は、一歩深く踏み込みざま、白刃を撃ち下した。

塔の笠は、見事真二つになって、地面へ落ちた。

「わかったであろう。切先で人を斬ろうとすれば、刀は敵にとどかず、かえってわが身が斬られる。鍔《つば》を以て、敵を突き倒すなり、敵の剣を打ち砕くなり、敵の軀《からだ》へおのが鍔をたたきつける心得で、斬り込めば、見事に勝ちを得る。このことを忘れず、敵に向うがよい」

大三郎と五郎右衛門は、宗厳の教えを胸に容《い》れて、柳生谷を出て、京都へ向って来たのであった。

八

大三郎は、松の木立をくぐり抜けて、帷子の辻へ、奔《はし》り出ると、

「小野田左衛門殿とお見受けいたす。それがしは、北畠具教が旧臣田毎大三郎と申す。主君の無念を、いま、はらしたく存ずる」

と、叫び、次の瞬間、先頭の小者へ向って、躍りかかるや、持っていた長槍の柄を、両断した。

五郎右衛門の方は、町久保胤馬の背後へとび出して、

「柳生五郎右衛門、義によって、助太刀！」

と、叫んだ。

大三郎の方は、槍を使えなくすれば、小野田左衛門と互角の勝負ができる自信があった。

五郎右衛門の方は、町久保胤馬の飛電の突きに対して、刀盤の法で、文字通り必死の闘いを挑むことになる。

町久保胤馬は、ゆっくりと踵《きびす》をまわし、自分に向って来たのが、むしろ華奢《きゃしゃ》なからだつきの少年であるのをみとめて、眉宇《びう》をひそめた。

「柳生、と名のるところをみると、柳生谷の伜《せがれ》か？」

「柳生石舟斎が四男にござる」

「ふむ。柳生の伜ならば、相手にとって不足はない、と申したいところだが、まだ乳くさいわっぱでは話にならん」

吐きすてたものの、胤馬は、五郎右衛門の青眼の構えを視て、

——これは！

と、内心思った。

構えそのものは、手練者《てだれ》も未熟者も、そう差があるものではない。一瞥《いちべつ》して、これは強い、と判るのは、その刀身と姿勢に充ちている心気を、こちらが、感ずるからである。

人間と人間の闘いである。心気が充ちているか否か——これは、おのずと、おのが鍛練次第で、こちらに判って来る。

こちらが、未熟者ならば、未熟だけの判りかたしかしないであろうが、熟達していればいるほど、対手の強弱の程度が、つたわって来る心気からはかることができる。

胤馬は、五郎右衛門の青眼の構えが充たしている心気が、とうてい十四、五歳の少年のものとは思われず——いや、一流兵法者のものであることを、知った。

そうと知れば、対手が少年であることは、手加減の理由にはならぬ。

「よし！」

胤馬は、すらりと、刀を鞘走《さやばし》らせた。

槍術使いだけあって、その差料《さしりょう》は、三尺を越えていた。

胤馬は、その長剣を、手もとへ引きつけるように、独特の突きの構えをとった。

胤馬の構えは、あきらかに、突きの一手しかないものであった。

と——。

五郎右衛門は、その青眼の白刃を、ゆっくりと、下げはじめた。

地摺《じず》りに下げた時、いつの間にか、刃を上に、峰《みね》をかえしていた。

これは、父石舟斎宗厳から教えられた業ではなかった。

柳生谷から京都へ出て来るあいだに、おのが脳裡で、工夫した業であった。

町久保胤馬の凄じい突きの迅業に、互角の勝負を挑むには、最も効果ある刀盤の法を放たねばならぬ。

刀盤を対手の軀へたたきつけよ、と父は教えてくれたのである。

そうするためには、猛然と躍り込まねばならぬ。しかし胤馬の迅業は、突きの一手である。

ただ、遮二無二《しゃにむに》躍り込むことは、飛んで火に入る夏の虫の惨めさをさらす結果を招くに相違ない。

胤馬の突きを排除して、刀盤の法を放つには、

——よし、地摺りの逆斬りだ！

五郎右衛門は、そう思いさだめたのである。

「ふむ！」

胤馬は、五郎右衛門の地摺り峰がえしの構えを見て、にやりとすると、

「小ざかしゅう工夫したのう。……それで、勝てるか」

と、あざけった。

五郎右衛門は、口を真一文字にひきむすび、頰に朱を滲《にじ》ませて、無言であった。

馬をへだてて、田毎大三郎と小野田左衛門、胤馬と五郎右衛門が、対峙して、そのまま、しばらく、四人は、固着状態にあった。

つと――。

五郎右衛門が、一歩踏み出した。

六歩以上あった距離を、五郎右衛門の方から、縮め出したのである。

九

胤馬は、えじきがむこうから寄って来るのを待つ毒蛇のように、まばたきをせぬ冷たく鋭い眼光を、放射して、微動もせぬ。

五郎右衛門は、じりじりと迫って行く。

急に、松の枝に、ぱらぱらと雨の落ちかかる音がした。

雨の音は、それだけでおわった。

次の瞬間――。

五郎右衛門が、雄叫《おたけ》びのような気合を噴かせて、胤馬めがけて、身を躍らせた。

はがねの鳴る音とともに、胤馬の長剣が、なかばから折れて、宙へはねとび、松の梢へ消えた。

五郎右衛門と胤馬は、吸いつくように体を合せて、動かなかった。

胤馬の背中から、三尺ちかくも、白刃が突き出ていて文字通り、五郎右衛門は、刀盤もとまで、対手の胸を刺し貫いたのであった。

五郎右衛門が、身を躍らせた刹那、胤馬は、飛電の突きを放って来た。逆斬りの五郎右衛門の剣は、その突きの長剣をはじきざまに、胤馬の胸を貫いたのであった。

長剣は、はじかれるや、真二つに折れて、飛んだのである。

まことに、胤馬の最期は、凄じかった。

五郎右衛門と咫尺《しせき》の間に顔を合せ乍ら、くわっと双眼をひき剝《む》き、事切れた。事切れ乍ら、口から、だらだらと、血汐を流した。

五郎右衛門は、その悽愴きわまる形相に、思わず、目蓋を閉じて、白刃を、胸からひき抜こうとした。

しかし、容易に抜けなかった。

やむなく、からだをからだにぶちつけて、胤馬をうしろへ倒れかからせておいて、さっと引き抜いたが、勢いあまって、おのれも、しりもちをついた。

はっと、われにかえって、はね起きてみると――。

田毎大三郎は、辻わきの石地蔵尊へ、ぴったりとくっつくあんばいに、追いつめられていた。

小野田左衛門は、大刀を右手に、そして、左手には、柄を両断された槍を摑《つか》んでいた。小者に渡されたものに相違ない。

大刀をまっすぐに突き出し、槍を頭上高くかざして、左衛門は大三郎を、じりじりと追いつめていたのである。

五郎右衛門は、近づくと、

「大三郎殿！　刀盤の法じゃ！」

と、叫んだ。

追いつめられた者の、恐怖の表情をうかべていた大三郎は、その助勢の声に、にわかに、生気をとりもどした。

左衛門の方は、少年が胤馬を討ちとったことを知って、愕然となり、その少年にそばへ迫られて、神経を二つに分けなければならなかった。

一瞬――。

左衛門は、先手を打って、ふりかざした槍を、大三郎めがけて、投げつけた。

穂先は、大三郎の耳朶《じだ》を掠《かす》めて、石地蔵尊を襲った。

地蔵尊の首が、ころがり落ちた。

「とお！」

大三郎の口から、満身の鋭気をこめた叫びがほとばしった。

結果は、胤馬に対する五郎右衛門の成功と、同じであった。

大三郎の剣は、左衛門の胸をふかぶかと貫き、背から三尺も、切先を突き出した。

柳生五郎右衛門は、そのまま、柳生谷には還《かえ》らず、諸国放浪の旅をかさねた。

五郎右衛門は、兄弟の中では、最も凡庸な生まれつきのように、周囲から眺められていた。

気象に激しさがなく、寡黙で、行動が目立たなかった。宴席などで、他の兄弟は、それぞれ個性の強さで、存在をあきらかにしていたが、五郎右衛門だけは、そこにいるのかいないのか、人々の目からはずれてしまっていた。

道場に於いても、その稽古ぶりは、あまりに尋常すぎて、門弟たちの激しい稽古の蔭に消えてしまっているようであった。

したがって、石舟斎宗厳以外は、五郎右衛門に、はたして、天稟《てんぴん》があるのかどうか、判りかねた。

「一人ぐらいは、凡庸なのも生まれる」

そうかげ口をたたく者もあった。

十四歳のその日まで、五郎右衛門の天才を示すような逸話は、ひとつもなかったのである。

しかし――。

宗厳だけは、五郎右衛門こそ、四人の息子の中で、最も秀れた兵法者になるのではあるまいか、と看てとっていたようである。

だからこそ、敢えて、その仇討に助太刀させたのである。そして、諸国を経巡《へめぐ》るように、命じたのであった。

十

柳生五郎右衛門が、放浪の旅のあいだに、どのような逸話をのこしたか、殆《ほとん》ど記録にはない。

しかし、次兄但馬守宗矩や、三兄の十郎左衛門宗章と、あやまって、伝えられた逸話がある。

関ケ原役後のことであった。

五郎右衛門は、江戸へ出て、徳川家の兵法師範役となった次兄但馬守宗矩の道場へ、立寄った。

宗矩が、登城して留守の午《ひる》さがり、一人の托鉢僧《たくはつそう》が、道場の前へ来て、武者窓から覗《のぞ》

き込み、

「これが、将軍家師範道場の稽古ぶりかのう。ふくろ竹刀で、ばちゃばちゃ叩き合うて、兵法修業とは、さても、子供だましじゃ」

と、大声で云った。

門番が出て来て、「乞食坊主め、雑言許せぬぞ。早々に失せろ!」と呶鳴《どな》りつけた。

しかし、托鉢僧は、一向に、立去る気色《けしき》もなかった。

五郎右衛門が、江戸の市中見物から帰って来て、この光景を眺め、

「貴僧、道場へお通りめされ」

と、いざなった。

座敷へ招じた五郎右衛門は、托鉢僧に、

「出家の姿をして居られるが、貴僧は、おそらく、兵法の業を心得て居られると、存ずる。何流をお使いであろうか?」

と、訊ねた。

僧は、笑って、かぶりを振った。

「愚禿《ぐとく》は、剣などふりまわしたことはないの。どだい、剣に、流儀をたてるのが、おかしなものと存ずる。剣などというものは、道場で、木太刀やふくろ竹刀をふりまわしただけで、上達いたすものではないと思うが、どうであろうかな」

「貴僧は、そのような稽古をせずとも、托鉢をして、経文を誦《しょう》しているだけで、極意を会得できる、と申されたいようだが――」

「そうさの。天才をむこうにまわすのなら、いざ知らず、道場で、叩き合うている手輩が対手なら、造作もない」

「では、それがしと、立合って頂けるか？」

「やってみしょうかの」

五郎右衛門は、托鉢僧を、道場に案内すると、

「木太刀でも、槍でも、薙刀《なぎなた》でも、ご自由に――」

と、すすめた。

「出家は、得物など持たぬよ」

僧は、かぶりを振った。

「それでは、立合いに相成らぬ」

「いや、それが、立合いになるのじゃな。……ま、向うて来てみなされ。もし、愚禿が、脳天を割られても、御辺に責任はない。わしは、あんばいよろしく、極楽へ参るゆえ――」

僧は、笑った。

やむなく、五郎右衛門は、無手の僧に対して、木太刀を青眼に構えた。

僧は、うっそりと佇立《ちょりつ》して、動かぬ。

五郎右衛門は、ものの半刻《はんとき》も、青眼固着の構えを保っていたが、やがて、撃ち込もうともせず、しずかに、一歩退《さが》って、木太刀を下げた。

「どうなされたな?」

僧が、訊ねた。

「撃ち込むは易しと思えるものの、ついに、撃ち込むことが叶い申さぬ」

五郎右衛門は、こたえた。

僧は、ただ、きわめて自然に佇立していたばかりであった。べつに、鋭気も発しなければ、五郎右衛門がこころみに放った殺気をはじきかえそうともしなかった。

いわば、案山子《かかし》同様であった。

案山子を撃つことは、造作もないことであった。しかし、案山子を撃ったところで、何になろう。

五郎右衛門は、そうさとって、立合いを止めたのである。

僧は、再び、座敷で、対座すると、

「如何かな。無手の者を撃つことは、叶いますまい」

「まさしく――」

「これが、剣の極意と申すものでは、ござるまいかな」

「…………」

「無手の者は、撃てぬ——これだけのことじゃな、ははは」

托鉢僧は、沢庵《たくあん》であった。

十一

同じ年のことであった。

五郎右衛門は、松平出羽守直政《まつだいらでわのかみなおまさ》邸に、招かれていた。

恰度《ちょうど》、そこへ、高名な一刀《いっとう》流の兵法者が、来合せていた。

偶然ではなく、出羽守が、柳生新陰流の真髄を観《み》ようとして、その兵法者を呼んだのである。

五郎右衛門は、固辞した。

一刀流の兵法者は、

「お手前は、将軍家師範の但馬守殿ではござらぬ。武者修業の一兵法者ではござらぬか。立合うて、なんの不都合がござろうか。……もし、お手前が、忌避されるに於いては、一刀流をおそれたことに相成り申すぞ」

と、迫った。

兵法者としては、この機会をはずして、柳生家の者との立合いは、のぞまれぬと思って、その挑戦は、執拗であった。

五郎右衛門は、しかし、なお、黙然として、動かなかった。

「柳生五郎右衛門、これまでに所望されて、立たぬことやある」

出羽守直政は、そう云って、木太刀を二振り、両者の前に置いた。

一刀流の兵法者の方は、さっと、木太刀を把って、立上がった。

その時、五郎右衛門が、

「お主――」

と、呼んだ。

対手は、振りかえった。

刹那――。

五郎右衛門は、片膝を立てざま、抜きつけの一閃《いっせん》を、対手に送った。

一刀流の兵法者は、顔面から肋骨まで、まっ二つに両断され、血飛沫《ちしぶき》の下で、崩れ落ちた。

出羽守直政は、仰天して、息をのんだ。

五郎右衛門は、白刃を鞘に納めると、やおら、出羽守直政に、向きなおり、

「卑劣の振舞いとお受けとりでありましょうが、対手が木太刀を把った瞬間から、試合

は開始されたものと心得て、それがし、斬りすてたのでござる。それがしは、もとより、若年にして未熟者でござるが、兄但馬守は、将軍家師範役でござる。それがしが、もし、この処にて、おくれを取るようなことがあれば、柳生の流儀に、疵《きず》がつき申すのみならず、柳生流は一刀流に劣ると、風聞が立ち、一刀流より劣る流儀を以て、将軍家にお教え申し上げるのか、とあざけられるおそれもござる。それゆえ、この御仁には、申しわけなきこと乍ら、やむを得ず、先手を取って討ちすて申した。……爾今《じこん》、兵法者同士を、立合せようなどと、かるがるしくお考えなきよう——」

そう云いすてておいて、しずかに立つと、松平邸を去った。

この心得を以て、諸国を経巡ったのであるから、五郎右衛門が、剣道史にのるような華々しい試合を一度も、行わなかったのは、べつにふしぎではない。

しかし、五郎右衛門の最期は、壮烈無比であった。

五郎右衛門は、諸国を経巡っているうちに、伯耆国《ほうきのくに》飯山城の客となった。

飯山城のあるじは、横田内膳村詮《むらのり》といい、中村《なかむら》伯耆守忠一《ただかず》の重臣であった。

当時、中村忠一は、まだ十七歳であった。

父の中村式部少輔一氏《かずうじ》は、豊臣秀吉の三中老の一人として、重んじられていたが、関ケ原役の直後、病没していた。

忠一は、わずか十一歳で、伯耆米子十八万七千石をうけついだのであった。忠一は、きわめて早熟であったが、それはいい意味ではなかった。文武の道の忍耐と努力には、堪えられぬかわりに、酒色に耽《ふ》けることは、十四歳からおぼえた。

恰度、五郎右衛門が、飯山城の客となった頃であった。

忠一は、城内に、花見の宴をひらき、家臣の家族を招いた。

家臣の娘や妻たちを、物色した忠一は、三人の女性を、城内にのこした。そのうちの、一人は、人妻であった。そして、その一人は、婚礼をすませたばかりの新妻であった。

新妻は、忠一に犯された翌日、城内の井戸へ身を投げて、果てた。

これをきいた横田内膳が、急遽《きゆうきよ》飯山城から馬を馳せて来て、厳しい態度で、忠一を諌《いさ》めた。

忠一には、多摩九郎左衛門という佞臣《ねいしん》がいた。

忠一が、内膳に諌められて、不快な面持でそっぽを向いている時、多摩九郎左衛門が、手槍を摑んで、背後から、忍び寄り、内膳の背中を、貫いた。

忠一とすれば、内膳を殺すほどの度胸はなかった。

多摩九郎左衛門が、断りもなく、内膳を殺したことは、忠一を愕然とさせた。しかし、もはや、手おくれであった。

「横田内膳殿は、急病にて、相果てられました」

冷然としてそう云う多摩九郎左衛門に、忠一は、おののきつつ、うなずいた。

十二

いかにかくそうとしても、内膳暗殺の報は、やがて、飯山城に、もたらされた。

「主、主たらざれば、臣、臣たらず！」

内膳の嫡男主馬助は、激怒して、兵を集めるや、飯山城にたてこもって、主家に叛旗をひるがえした。


柳生五郎右衛門は、当然、城から去るべきであり、主馬助も、それをすすめたが、

「義をみてせざれば、勇なきなり、という言葉がござる」

と、微笑して、かぶりを振った。

「しかし、この城にたてこもったわれら一同、一人も生き残ることは叶い申さぬ。ただ客である御辺を、まきぞえにすることは、出来申さぬ」

主馬助は、心から、そう云ったが、五郎右衛門は、肯かなかった。

「それがしは、柳生但馬守宗矩の弟でござる。されば、これまで、他流との試合を避けて来申した。ただの一度として、名ある試合をいたして居り申さぬ。……いまこそ、それがしの剣が、どれだけの働きをいたすか、それをためすのに、絶好の機会と存ずる。……合戦ならば、たとえ、流れ弾丸《だま》に当って、斃れようとも、柳生流の恥とはなり申さ

ぬ」

五郎右衛門の言葉に、主馬助は、ふかく頭を下げて、

「ご助勢、忝《かたじけな》く存じまする」

と礼を述べた。

やがて――。

飯山城は、中村忠一の軍勢にかこまれた。

松江の城主堀尾帯刀吉晴《ほりおたてわきよしはる》が、この攻囲軍を援助した。

堀尾吉晴は、出雲・隠岐二国二十三万石の領主であった。

飯山城が、この大軍の攻撃を受けて、とうてい十日と保ちきれるものではなかった。

落城の日が来た。

五郎右衛門は、背中に一振り、腰の左右に一振りずつ、そして、右手と左手にそれぞれ太刀を摑んで、城門から、疾風のごとく、奔り出るや、ひしめく敵陣に、斬り込んだ。

一太刀ずつで敵兵を斬り仆すその迅業は、異様なものであった。

五郎右衛門は、左右の白刃を峰をかえして、摑んでいた。

そして、はねあげざまに、敵の顔面をまっ二つにした。

三人まで斬ると、その白刃をすてて、腰の剣を抜いた。

魔神にも似たその凄じい働きぶりに、敵の陣形は、崩れた。

そこへ、主馬助を先頭に、百名が、斬り込んだ。

修羅場が、城門外の広場から、松林の中に移った時、主馬助以下、大半の飯山勢は、討ちとられていた。

五郎右衛門だけが、なお、全身蘇芳《すおう》染《ぞ》めになり乍ら、生き残っていた。受けているのは、浅傷《あさで》だけであった。

その手には、ついに、背負っていた剣だけになっていた。しかし、それは、父石舟斎から与えられた貞宗の名剣であった。

五郎右衛門は「逆風の太刀」と名づける新陰流の古勢をもって、すでに、十八人を斬っていた。

敵勢は、その凄じい迅業におそれをなして、遠巻きにして、五郎右衛門が、身を移すにつれて、包囲陣を移動させていた。

松林の中であり、修羅場としては、五郎右衛門にとって、有利であった。

そこへ、馬を駆って来た堀尾家の侍大将藤井助兵衛が、

「柳生五郎右衛門、働きのほど、見とどけ申した。剣をすてられよ。捕虜とはせぬ。立去ってよい」

と、叫んだ。

五郎右衛門は、冷たい眼眸をかえし、

「それがしは、兵法者。剣をすてて、降服したならば、末代までの名折れになり申す」

と、こたえた。

「降服したことには、決していたさぬ。客分としての働きを示して、立去るのを、見とどけ申すまでだ」

「ご厚志は忝いが、こうして、剣を持って闘っている上からは、兵法者らしく、限りある身の力を、ためしたく存ずる」

藤井は、五郎右衛門の決意が動かぬとみてとって、

「やむを得ぬ」

と、鉄砲隊に、下知した。

十挺《ちょう》の鉄砲の狙い撃ちを受けて、五郎右衛門は、よろめき、松の幹へ倚《よ》りかかった。

そして、枝のあわいから、空を仰いだ。

その眸子には、おそらく、柳生谷のたたずまいが、うかんでいたものであろう。

慶長九年十一月十五日のことであった。

柳生流古勢「逆風の太刀」は五郎右衛門をもって、絶えた。

月影庵十一代

一

昨年夏、私は、ひさしぶりに、東北地方を旅行した。

羽後秋田の片田舎である。古い友人のまねきであった。

私は、羽後の古い村落に、特別に興味をおぼえたわけではなかった。北海道へ講演旅行をした帰途、年来の約束ごとを果したまでであった。

七月の末であった。

新波一郎という大学時代の同級生は、すっかり頭が禿《は》げあがった姿で、私を、秋田市まで、出迎えてくれた。

新波一郎が、わざわざ秋田市まで出て来てくれたのは、彼のお国自慢のひとつである千秋公園を案内するためでもあった。

いうまでもなく、千秋公園は、佐竹二十万石（実質は四十万石であったらしい）の拠点久保田城址《じょうし》である。

本丸、二の丸など主要な建造物は、明治初年に焼失して、当時を偲《しの》ぶよすがもないが、城郭の規模の広大を測ることはできた。

陸奥《むつ》青森の弘前《ひろさき》城、陸前宮城の青葉城とともに、東北の重鎮にはじない。

秋田市の中央を流れる堀川（現在の旭川）を境界として、むかしは、東側に侍町、西側に町家があり、劃然《かくぜん》として町割りがされていた模様である。いまも、そのおもかげを偲ぶことができる。

町家には、米町、大工町、肴《さかな》町、扇町、船大工町、鉄砲町、馬苦労町、鍛冶《かじ》町、寺町などという、むかし乍《なが》らの町名がのこっていた。

私たちは、それらの町をひと巡りしてから、再び奥羽本線に乗った。

北上して、鷹《たか》の巣《す》という駅で下車。そこから、阿《あ》仁《に》銅山のある阿仁合線に乗り継ぎ、米内沢《よないざわ》という、うらぶれた駅に降りた。

そこから、四キロほど、てくで歩かされた。

勿論《もちろん》、車の便はあったが、新波一郎は、

「君の普段は、書斎とホテルぐらしで、たまに外出すれば、車だろう。運動といえばせいぜいゴルフだろう。まあ、たまには、こういう田舎道を、歩くのも面白かろうじゃないか」

と、自分勝手に、さっさと歩き出していた。

さいわい、携《さ》げて来たバッグだけは、出迎えの新波家の使傭人《しようにん》が持ってくれたが、日照りの中を、汗をふきふき、歩かされるのには、かなりうんざりした。いそがしい身を、わざわざ東北くんだりまではこんで来て、こんなはめになるとは、ばかばかしい、と思った。

しかし、二キロも歩きつづけるうちに、私の気持もしずまった。頭上の太陽は、たしかに暑いには暑いのだが、東京の街路の日照りとは、まるでちがっていた。息苦しくなるようなアスファルトやコンクリートの照りかえしもなければ、排気ガスと、塵埃《じんあい》の臭気もなかった。空気はいかにも、すがすがしい。

水を湛《たた》えた田の面、馬鈴薯《ばれいしょ》畑、桑畑、トウモロコシ畑——。

時折り、その田畑の上を吹き渡って来る微風が、すずしかった。

やがて、道は、すこしばかり、のぼりになった。すぐ眼下を、阿仁川の清流が、ゆたかな水嵩《みずかさ》をみせていた。闊葉樹《かつようじゅ》のひくい山を背負うて、川向うは、杉林や栗林がつらなっていた。

「四つ手網で獲《と》ったこの川の鮎《あゆ》は、絶品だぜ。山菜も、自慢するに足りるものがある。それから、季節には、まだすこし早いのだが、鯉《こい》こくやタンポ飯も、あじわってもらおう。ドブロクも、ちょっと、いかすぜ」

新波一郎は、丘陵の頂上に立って、彼方《かなた》の森にかこまれたわが家を指さしてから、からからと声をたてて、笑った。

大学で、十九世紀の仏蘭西《フランス》文学にかじりついて、ボオドレエルやリラダンを論じていた頃の新波一郎は、瘦せこけて、五尺八寸の長身が、いかにもひ弱な印象であった。

いまは、当時の俤《おもかげ》は、全くとどめていなかった。禿げあがった面貌は、この地方の支配者らしい貫禄を示していた。

広大な山林の所有者であり、県会議員であり、近くの××町私立高校の理事、といった典型的な地方有力者にふさわしい逞《たくま》しい体格と、日焼けた皮膚と、節くれ立った手を持っていた。

やがて案内された屋敷は、土塁の上に、黒い板塀でかこまれていた。

敷地は、数千坪あったろう。

苔《こけ》むす庭にそびえ立つ樹齢数百年を越える四本の老松を一瞥《いちべつ》しただけで、この家の旧《ふる》さを測ることができた。

石組み、泉水、幾棟かの土蔵、土塁、板塀のたたずまい。すべてが、古いものの美しさを湛えていた。

母屋をささえる、ひとかかえもある大黒柱や、欅《けやき》の廊下の黒く艶光《つやびか》りする見事さや、玉砂利を敷きつめた囲炉裏の風雅さは、私の目を奪った。

二

新波一郎は、囲炉裏で向い合うと、

「この屋敷の中にあるものは、どれひとつとして、三百年、四百年の歳月を経ていないものはないのだ。君と文学論をやっていた頃は、おれは、この古めかしい家に対して、堪え難いものを感じていた。先祖代々、やたらに有難がり、大切に保存して来たものを、片っぱしからぶちこわしたい反撥をおぼえていたものだった。……おれも年をとったものだね。いまは、この古ぼけた柱や囲炉裏や調度品が、おれを安らぎの心境に置いてくれている。時たま、上京して、目まぐるしい巷《ちまた》ですごして、この家に帰って来ると、この炉端のおれの座だけが、世界中で一番、おれをおちつかせてくれる。妙なものだね。恰度《ちょうど》、親父が死んだ年に、おれも辿《など》りついてしまった」

と、述懐して、笑ってみせた。

私は、べつに相槌《あいづち》を打つ義理もないので、黙って、きいておくことにした。

細君が、つぎつぎと、手作りの料理をはこんで来た。

目の小さな、色白の、いかにも温和な、ふっくらとした小柄な細君は、地方有力者の伴侶にふさわしかった。子供がないので、年よりずっと若く見えた。

しばらく、盃の応酬をしてから、新波一郎は、私に、入浴をすすめた。

風呂がおくれたのは、趣向があったためであった。

母屋内には、勿論立派な浴室があったが、新波は、使傭人に命じて、わざわざ、五右衛門風呂を、庭のまん中に、はこばせて、そこでわかしてくれたのであった。

降るような星空を仰いで、湯に入るのは、はじめてのことだった。

まことに、いい気分であった。

首までとっぷりとつかって、虫の音をきいているうちに、ふと、急に、あたりがあかるくなるのを感じた。

見上げると、頭上の老松の梢のあわいに、いつの間にか、丸い月が、昇っていた。

庭石や泉水の面や、苔草の上に、老松の影が、くっきりと刷《は》かれていた。

泉水のむかいの築山の草むらですだく虫の音も、月の光にうかれて、高くなったようであった。

真夏の夜の静寂の中で、私は、急に、自分が、二百年も三百年も前から、この家に、賓客として、逗留しているような錯覚にとらわれた。

私は、汽車の中で、友からきかされた、この家の古い歴史を、想い出した。その時は、べつになんの興味もおぼえなかったが、いまは、ふしぎに、自分の目で、たしかめてみたい好奇心がわいて来た。

私は、風呂から上ると、新波一郎に、

「この家にのこっている記録を見せてくれないか」

と、所望した。

すると、新波一郎は、にやにやして、

「夜風呂に入れると、君は、屹度《きっと》そう言うだろう、と思っていた」

と、こたえたことだった。

その夜、私の枕もとには、かなりのかさの古い書類が、積まれた。

三

この村へやって来るために降りた米内沢駅には、むかし、米内沢城があった。

慶長年間——。

当時、能代《のしろ》の檜山《ひやま》城にいて、北方一円を風靡《ふうび》していた秋田《あきた》氏七代の実季《さねすえ》は、隣邦南部《なんぶ》氏と鉾《ほこ》を交えるにあたって、にわかに、この地に城を構えた。それが、米内沢城であった。

城をあずかったのは、重臣嘉成資清の嫡男右馬頭貞治であった。

貞治は、膂力《りょりょく》二十人力と称された荒武者であった。

南部の軍勢と、五度び闘って、四度びまで撃ち破っている。いまも、南部の武士を磔《はりつけ》にしたり斬首した史実を地名にとどめている。

秋田実季は、はじめ、秀吉に従い、朝鮮役では抜群の功があった。檜山城から、やがて、湊《みなと》城に移り、秋田の中央で覇をとなえたが、秀吉没後、徳川の時世になるや、徳川家に荷担しなかった故をもって、常州宍戸《ししど》へ転封された。

代って、これも徳川家に味方せず、家康の勘気を蒙《こうむ》った佐竹義宣《さたけよしのぶ》が、常陸《ひたち》水戸の八十万石の国守から、左遷されて、秋田へ移されて来た。

主家を喪《うしな》った米内沢城は、やむなく、慶長七年に、佐竹義宣に降《くだ》った。しかも、一国三城の制約から、程なく、米内沢城は、とりはらわれた。

新波一郎の家は、その米内沢城の家老職であった。しかし、事実は、新波家は、米内沢城主であった嘉成家よりも、上に位置する名家であった。

新波家は、その主家の秋田氏（はじめ安東氏と称した、藤原泰衡《ふじわらのやすひら》の一族であった）と同格の名家であった。鎌倉時代、畠山重忠《はたけやましげただ》の一族として、武威を誇ったが、重忠滅亡ののち、一族は陸奥へ流れ、鹿角《かづの》を通って、羽後のこの地に居をさだめた、という。

弘治から永禄にかけての頃であった。

すなわち、信玄《しんげん》・謙信《けんしん》の川中島合戦はなやかなりし時代である。

一族は、山上に小さな砦《とりで》を築き、山城《やまじょう》と称した。それが、いまも、地名として残っている。

砦を構えるほどであるから、一族は、武技の修練を怠らなかった。武技の修練のあい間に、みな鍬《くわ》をとって、畠を拓《ひら》いた。

慶長のはじめ、米内沢城を築くにあたって、迎えられて、新波一族は、秋田氏に随身して、嘉成右馬頭貞治を扶《たす》けた。したがって、あくまで客分であり、家臣として仕えたのではなかった。

新波一族を味方につけたことによって、嘉成貞治は、南部の軍勢を四度びも撃ち破ることができた、といっても過言ではなかった。

米内沢城がとりはらわれた後、新波一族は、再び野に下って、郷士となった。

領主佐竹義宣は、新波一族に、四方の山と二十町歩の荒蕪地《こうぶち》を与えた。

やがて、新波家は、大肝煎《きもいり》大庄屋の格式を与えられ、近村十数箇村を統《す》べて、明治の世を迎えたのであった。

これだけの歴史なら、新波一郎が、わざわざ、私を、自家へ招くほどのこともなかった。

新波一郎は、私に、読ませ、そして、考えさせたいある出来事を、おのが家の歴史の中に、発見したのであった。

それは、新波家十一代の頃に起った出来事であった。

新波家十一代は、源之助勝正といった。

源之助は、十代の父が病弱のために、十三歳で、肝煎職を襲っている。

宝暦の頃であった。

源之助が十一代となった年の前後、天候不順がつづき、村々は、かなり疲弊した。疲弊の原因は、天災だけではなく、ほかにもあった。

それは、慶長から正保年間にかけて、佐竹藩が強行した苛酷な検地のためであった。慶長七年に、佐竹義宣が転封になる前までは、検地も貢法も、きわめて、杜撰《ずさん》で、寛大であった。佐竹家は、そこで、早急に、検地をとり行なったのであった。

近世封建体制、藩の支配体制の確立のためであった。

まず、先竿《さきざお》が、慶長十年から十八年にかけて、施行された。つづいて、十八年から元和元年にかけて、中竿が施行された。

この中竿が、いわゆる「渋江検法」として有名な悪法である。

藩では、渋江内膳政光の指揮のもとに、高根織部ほか四人の検地役をして、六郡の郷村を、勘査せしめた。

全村に対して、伝馬五疋《ひき》、上下十八人の賄《まかない》として日に三度（但《ただ》し一汁一菜）の米と味噌その他の食料品、そして乗馬一疋の飼料として一日大豆二升宛《あて》を、供出させた。酒は無用と、触れられたが、事実は、そんな寛大なものではなかった。

この中竿によって、どの村も、先竿の時に比べて、一挙に、二倍から三倍の貢租高となった。

忽《たちま》ち——。

子を売る者、家を売る者、馬牛を売る者が続出した。元和元年には、はやくも、検地竿打直しの嘆願が、各地で起った。

しかし、藩では、容易に、とり合わなかった。

ようやく、中竿是正、新開地検地をあわせての後竿《あとざお》が施行されたのが、中竿施行後三十年の正保三年から慶安元年にかけてであった。

検地役も、はじめ十四人であったが、のち三十一人となり、領地全域にわたって、徹底的な施行をみた。

しかし、この後竿の実施によって、百姓たちは、すこしも、楽にはならなかった。後竿は、近藩に対する遠慮のためであり、若干の中竿是正にとどめたにすぎなかった。

したがって、百姓たちは、期待と希望をうちくだかれ、他領へ集団逃走する村があい次いだ。しかし、逃散《ちょうさん》者たちは、ことごとく捕縛され、処刑された。

人身売買、女房の質入れ、年季奉公によるほか、金を手に入れるすべはなく、江戸からやって来た女衒《ぜげん》の跳梁《ちょうりょう》をほしいままにさせた。

藩では、逃散をふせぐために、五人組、十人組を設け、さらに一村の連帯責任という苛酷な制度をつくって、抑えつけようとした。

四

藩庁と農民との争いは、しだいに烈しいものになった。

農民側では、絶えず後竿是正、課税の緩和を嘆願しつづけた。その嘆願が、絶頂に達したのは、宝暦から明和年間にかけてであった。

農民側にすれば、餓死寸前の、ぎりぎりの要求であったが、藩庁の方は、財政難を楯《たて》に、極力これを拒否しつづけた。

肝煎役の位置は、いわば、その中間に在り、最も苦渋の立場に置かれていた。

藩命によると、肝煎は、本百姓の中からえらばれ、領主がこれを任命する。したがって、肝煎は、藩の定めた「物成《ものなり》目録」「役銀目録」によって、それぞれの農民の持高に税を割りつけ、引分《ひきぶん》を控除相殺して、蔵分《くらぶん》、地頭毎に、一括して納入する義務を課されていた。

そのかわり、肝煎は、苗字帯刀を許され、絹物や紬《つむぎ》などの著用《ちやくよう》をみとめられていた。

農民は、いつでも木綿以外の著用を禁じられていたのである。

権限としては、全村の年貢諸役の割付から、徴収、収納、訴訟、厚生などを掌握し、さらに大肝煎は、数カ村を支配した。

いま、佐竹藩の村方支配を視《み》ると、次のようになっている。

はじめに、藩主、次に家老、郡奉行《こおり》、郡方吟味役、郡方見廻役《みまわり》、郡方足軽、そして大肝煎、寄郷肝煎、枝郷肝煎——こうした順である。

もとより、大肝煎は、藩の武力をバックとして、農民の反逆から、身辺の安全を保障されていた。

佐竹領地は、六郡にわかれ、それぞれ、御支配様と呼ばれる奉行が居り、みな久保田城内に居住していた。

郡内の役所に常駐したのは、御扱い様と呼ばれる郡方吟味役（各郡に二人乃至《ないし》四人）がいた。

大肝煎新波家は、秋田郡に入っていたので、米内沢町役所の支配下にあった。

さて——。

新波家十一代源之助は、過去帳をひらいてみると、しばしば農民の窮状を訴え出て、米内沢役所におもむいている。

しかし、米内沢役所では、埒《らち》があかぬ、とみた源之助は、ついに、久保田城下まで、足をはこんでいる。

足をはこぶこと四度、ようやく後竿勘案の許可をもらうことに成功した。

但し、このために、新波家は、莫大《ばくだい》な費用をついやした、と記録にみえる。

また——。

源之助は、明和のおわりから安永のはじめにかけて、阿仁川の補修工事に従事している。

春の雪融け、霖雨《りんう》期には、年毎に必ず、阿仁川は、氾濫《はんらん》していた。源之助は、三年の歳月をかけて、ほとんど自力をもって完成した。

おかげで、源之助は、藩主の感状をもらっている。

堤防は、俗に千間堤と称《よ》ばれ、現代まで、ビクともせずに、残って居り、私は、夏草の茂るそこを、散策した。

私は、次の朝、新波一郎と、磧《かわら》へ降りて行き、新波の分家の初老のあるじの鮎とりを、見物した。

阿仁川の清流の浅瀬に、十数本の杭《くい》をうち込み、それに網を張りめぐらし、鮎の遡《さかのぼ》るのをはばむのである。

そして、手もとの数米《メートル》を空けておき、四つ手網を沈め、鮎の群れが、その上を通過する瞬間をねらって、さっ、とひきあげるのであった。
三、四十尾の銀鱗《ぎんりん》が、網の中ではね躍るさまは、みごとな眺めであった。

ものの二時間も経たないうちに、幾百という鮎が、捕獲された。多い日は、六貫から、七貫になる、と新波一郎は、語った。

分家の主人は、磧の上で、鮎の串焼きをしてくれた。

その美味は、いまも、舌のうちにのこっている。

新波一郎が携げて来た家紋入りの黒塗りの重箱の中には、山菜の漬物、こんがりとこがした握り飯が入っていた。

東北の寒村の粗末な料理は、東京の一流料亭のいかなる料理よりも、まさっていた。

新波一郎は、堤を見やり乍《なが》ら、言った。

「千間は、いささか誇張だが、たしかに、三、四百間はあるんだ」

その末裔《まつえい》らしく、往時を偲ぶ表情であった。

五

天明の世となり、奥州一帯は、未曾有の飢饉《ききん》に遭遇した。

源之助は、すでに四十幾歳の、当時としては、初老を迎えていたが、飢饉に対処して、渠《かれ》の寝食を忘れた活躍が開始された。

その飢饉は、陸奥、陸中、羽後にわたって、数十万の餓死者を出した大惨事であった。

源之助は、全蓄財をはたいて、窮民の救済にあたった。ついに、手もとが底をつくと、近隣の豪農を訪《と》い巡って、説き伏せた。

そして、支配下十数カ村にわたって、前後四年間、ついに、一人の餓死者も、逃散者も出さなかった、という。

ところが――。

それほど、藩のため、領地のため、農民のためにつくした源之助が、寛政二年に、突如として、藩庁に捕えられて、斬首の刑に処せられているのであった。

過去帳には、その理由は、一切何も記録されては、いない。

ただ

「勝正、肝煎役職罷免、一族、屋敷しっ払い、妻女実家向い山城村へ移る」

と、記されているばかりである。

それから十年後、近郷十数カ村の庄屋連名の嘆願書を持った村方一同の訴え出によって、新波家は、帰村が、許されている。

源之助の長男良勝が、家督を継ぎ、十二代目肝煎となった。

私は、新波一郎の案内で、新波家の菩提寺である禅刹《ぜんさつ》・浄清寺を訪れた。

戸数二百戸の村落の寺院にしては、かなり立派な構えであった。新波家の裏門から、五百米もはなれてはいない、老杉《ろうさん》の林の中に在った。

古びた山門をくぐると、すぐ左側に、小さな墓碑があった。自然石で、十一代源之助勝正之墓と刻んであった。なぜか、戒名ではなかった。

苔むし、風化して、ようやく読みとれるほどであった。

その墓碑とすこしはなれて、七基の墓碑が、並んでいた。

源之助のそれよりも、すこし小ぶりであった。

佐竹藩士何某、と俗名が刻まれてあったが、新波一郎の説明がなければ、とても判読できなかった。

新波一郎は、言った。

「おそらく、十一代は、いったん藩庁の獄舎に入れられたが、希望によって、斬首の場所を、ここにしてもらったのだろう、ということになっている。記録は、何も残っていないが、毎年、桜の花が咲く頃、ここで、新波家一族二十数軒が集まって、しずかな宴をひらくのだ。十一代の遺徳をしのぶ、と同時に、その遺恨をなぐさめる、というわけだ。いまもって、その行事は、つづいている。それから、秋になると、全村がこぞって、千間堤祭り、というのを礥で、催す。これは、盛大なものだ」

私は、新波が語っているあいだ、七基の墓碑を眺めていたが、

「妙だね、あれらは——」

と、指さした。

「藩士七人の墓が、しかも、戒名もないままに、どうして、身分の下の大肝煎のそばへ、まるで、家来のように、並んでいるのかな？」

「そのことだよ」

新波一郎は、私の質問を待っていたように、言った。

「君に、その謎を解いてもらいたいために、こうして、わざわざ、ここまで来てもらった、と言える。あの七人の藩士の墓碑については、なんの記録ものこっていないのだ。家の古い書類の中にも、この寺の過去帳にも、ない。そこだけ、完全に空白になっている。当時として、抹殺しなければならない理由が、あったのだね。……言い忘れたが、十一代斬首の後、一族が向い山城村に引き移ってほどなく、屋敷の倉がすべて、失火──おそらく放火であろうが、焼けて、由緒ある品はあらかた烏有《うゆう》に帰しているのだ。甲冑《かっちゅう》、刀槍、古文書、諸記録、すべて灰になった。惜しい気がする。往時は、かなりの文人墨客がやって来ていたらしい。その人たちの書いたものも、すべてなくなってしまっている」

「君は、この七人の藩士を、どんな人々だ、と想像するのかね？」

私は、訊ねた。

「おれは、はじめのうちは、村の古老の説を信じていた。つまり、十一代は、しばしば、訴状を携えて、久保田城下へ出かけている。その際、後竿打直しのことで、いろいろ骨を折ってくれた藩庁の役人がいたに相違ない。この七人は、その役人たちだ、と古老たちは、言っていた。おれは、大学を出て、ここへ帰って来た時、別の解釈をするようになっていた。つまり、この七人は、十一代の首を刎《は》ねに来た者たちなのだ、と。十一代は、捕えられて、藩庁の獄舎につながれ、納得ずくで、斬首されたのではなかった。不意に、七人の刺客が、屋敷を襲って来て、十一代を斬ったのではないか？」

「ちょっと、訊《き》くが……十一代は、腕が立ったのか？」

「記録としては、のこっていないが、十三歳の時に、泉水の上にさし出た松の梢から、とび降りつつ、水へ落ち込む間に、飛ぶ燕《つばめ》を斬った、とつたえられている。嘘でなかったとしたら、天才だね」

「もし、そうであったなら、刺客が七人も連れ立って来たとしても、ふしぎはないね。それにしても、藩主から感状を二度ももらった程の功労者が、どうして暗殺されたのかな？」

「いくら調べても、判らんのだ。百姓一揆《いっき》を煽動《せんどう》した、といった形跡は、どこにものこってはいないしね。……おれは、自分の先祖ということを別にしても、十一代という人物に、興味を抱いている。かなり無気味な人物であったような気もするのだ。もしかすれば、十一代は、遺言によって、自分のかたわらに、刺客七人の墓をならべて立てさせた、という気もするのだよ」

六

新波一郎と私は、つづいて、寺の墓地を抜けて、裏山へ登って行った。

その裏山には、村社があった。

どこの村里でも見かける、平凡な鎮守の森であった。大きな古びた鳥居があった。樹齢三百年以上とかぞえられる杉の巨樹が数十本、空を掩《おお》うて鬱蒼《うっそう》としげっていた。

勾配はゆるやかだが、石段も長かった。頂がはるか小さく見えるほどの階段が、すべて自然石で組まれているのも、ひなびて、情緒があった。

登って行き乍ら、新波一郎は、言った。

「三百三十三段ある」

ゴルフで歩き馴れている筈も、流石《さすが》に、軽い息切れをおぼえた。

しかし、頂上に登りついて見渡す眺めは、古い歴史の匂いをたたえた美しさであった。

眼下には、新波家の庭の四本の老松が、樹冠を競うている。

千間堤をこえて、阿仁川の清流が、銀蛇《ぎんだ》のように、きらきらと煌《きらめ》いている。その彼方に、いくつかの村落の林が、点々とちらばって居り、遠く大野台の平原は、朝靄《あさもや》のなかに地平を消している。

目を転ずれば、北方には、米内沢の町なみと、曾《かつ》て米内沢城が築かれていた倉の山の断崖が、褐色に浮きあがり、その後方にはるか、森吉山の峰が、淡い藍色《あいいろ》にかすんで望まれる。

新波一郎は、感激をこめた口調で、

「先祖は、よくも、こんなところに、居を構えたものだ、と思う。あるいは、この地方一円を、討ち平らげる野望をひそめていたのかも知れない」

と言った。

その日の午後――。

私は、新波一郎の書斎を借りて、原稿用紙にペンを走らせていた。

老松が、粛として並んだ庭に面した、しずかな古風な十五畳の部屋であった。

週刊誌連載小説の一回分を、一気に書きあげて、畳へ倒れた時、それを待っていたように、新波一郎が、入って来た。

「怪しげなところへ、案内しよう」

彼が、私を案内したのは、屋敷の北隅に建っている、およそ古めかしい別棟であった。

草庵といえた。

厚い茅葺《かやぶ》き屋根を持ち、土庇《どびさし》が深く、木賊《とくさ》がしげっていた。

土庇の下に、舟板のような額が、かかげてあった。

『月影庵』

と、読めた。

庵《いおり》の前は、小池があり、綺麗な水が満たされていた。これは、母屋の前の庭の泉水とつながって居り、水は、流れているようであった。

小鮒《こぶな》が泳いでいるだけで、大きな魚影は見えなかった。

池の畔《ほとり》は、萱草《かやくさ》がゆれている。

「この庵の裏手に、木戸がある。そこを出ると、寺の山門わきに出る。例の十一代の墓のあるところだ。……十一代は、この庵に、晩年一人で住んでいたらしい。母屋をすてて、ここに移ったのは、どういうわけだったか、それは、わからない。十一代は、晩年は、ふかく、仏門に帰依していたらしい。そばに、菩提寺があったにも拘《かかわ》らず、この庵に、弥勒菩薩《みろくぼさつ》像を安置して、朝夕、経文を誦《ず》していたというのだ」

内部は、時折り手入れをするらしく、綺麗であり、湿気もなかった。

しばらく雑談しているうちに、私は、ふと思いついた。

「今夜は、この月影庵に泊めてもらいたいね」

「冗談じゃない。ここは、あばら屋だよ。寝られはしないぜ」

「いや、是非、泊りたい」

私は、遽《にわか》に、どうしても泊りたい気になって、しつっこく、たのんだ。

　すると、新波一郎は、突然、真剣な面持になると、

「ここに寝ると、夜中に、何か、怪しいことが起るかも知れないぜ。それでもいいかね？」

七

　それから――。

　月影庵に、すこしばかり騒ぎが起った。

　私をそこに泊めるために、新波一郎の細君が掃除をしてくれたり、使傭人が、古風な行燈《あんどん》を土蔵から持って来てくれたり、ようやく、私が一人きりとりのこされたのは、午後十時をまわっていた。

　私は、二百年前の世界に置かれた。

　私は、その世界で、何かが起ることを期待した。

　新波一郎は、まだ私に対して打明けようとしていなかったが、十一代源之助に就いて、何かの秘められた事実を発見したに相違ないのだ。そして、わざと黙って、私自身にも、発見させて、その事実が疑いないことを、確信したい意嚮《いこう》なのだ。

　私は、新波一郎が母屋へ帰って行ったあと、障子を開けはなったままで、青い蚊帳《かや》の

中に入った。

虫の音がしきりであった。

鎮守社のある裏山の頂から、月が昇っていた。

昨夜、庭で五右衛門風呂につかり乍ら、仰いだ月とは、またちがった風情であった。

その蒼い光が、一層冴えて、無気味なくらいであった。

「なるほど、まさしく、月影庵だな」

私は、独語した。

庵の前の池の水面に、月影は皓々《こうこう》として宿っている。

東北の辺陬《へんすう》の夜気は、玻璃《はり》のように、月光を透すために、澄みきっているようである。

いつまで眺めていても、見あきることのない美しい水面の月影であった。

私は、永い時間、無心で、じっと、蚊帳の中に、動かなかった。

それから、どれくらいの時間が移ったろう。

月は、依然として、空にかがやいていた。

しかし、どうしたことか、蚊帳をそよがせる夜風には、いつの間にか、秋の気配があるようであった。

池の畔の萱草の茂みのさわぎは、あきらかに秋のさびしさを含んでいる。

ふと、気がついてみると、くさむらからひびく音は、蟋蟀《こおろぎ》のものであった。

──はてな。秋も、もうおわりになっているのではないか。

私は、怪訝《けげん》に思った。

私は、夏の盛りに、この家をおとずれていた。げんに、こうして蚊帳の中にいる。にも拘らず、もう季節は、晩秋に移っている。

──どうしたのだろう、これは?

私は、はっきりと、夜景の季節をたしかめるべく、蚊帳をはぐって、外へ出ようとした。

とたんに、私の手が──いや、全身が硬直した。

庵の濡れ縁に、人影がひとつ、在った。

見知らぬ中年の人物であった。しかし、その横顔を見やって、

──どこかで、見たような。

と、思った。

私は、すぐに、気がついた。書斎にかかっていた大きな額縁の中の新波一郎の父の顔に、どこやら、似ていた。

と──。

音もなく、池畔に、もうひとつ、人影が現われた。

まだ十四、五の少年であった。前髪を置いて、刺子の稽古着をつけ、袴《はかま》のもも立ちを

とっている。体軀は逞しく、五尺六、七寸もあろうか。

顔はさだかには見わけられないが、どうやら、新波一郎のむかしの俤に似ているように思えた。

濡れ縁に腰かけていた人物が、口をひらいた。

「風も落ちたようだな。源之助、お前の腕前を、蚊帳の中の御仁に、ごらんに入れるがよい」

ふしぎに、その人物がそう言った時、萱草は、ピタリとさわぎを止めていた。

水面の月影も、鏡に映したように、微動もしなかった。

突如――、

「えいっ！」

少年は、満身からの気合をほとばしらせざま、腰の一刀を、月光に閃《ひらめ》かせた。

水面の月は、鮮やかに、ま二つに割れていた。

大きくひろがった波紋が、微かになり、消えた時、月影は、もとの通り、ひとつの円にもどっていた。

私は、茫然として、その水の月を眺めつづけた。

いつの間にか、また、夜風が出て来た。

月影庵の横手には、大きな栗の巨樹があった。その枝が、茅の屋根に掩いかぶさり、風にゆさぶられるたびに、枯葉が空に散り、ひらひらと、宙を泳ぎ乍ら、池に落ちかかった。

再び、少年の烈しい懸声が、宙をつらぬいた。

「えいっ!」

瞬間——空間に在ったひとひらの枯葉が、ピタリと停止した。

それから、ゆっくりと、水面に落下した。

落葉は、しばらく、そのまま、水面に微動もせずに、浮いていた。

と——風で、水面が、波立った。

とたんに、落葉は、四つに分れて、ゆらゆらと四方へ漂いつつ散って行った。

ふと……気がつくと、二人の影は、もうどこにもなかった。ただ、秋風が颯々《さっさっ》と鳴り、水面には無数の落葉が散り、それが波にゆれているばかりであった。

八

晩秋の明るい陽ざしが、宙に満ちていた。

私は、いつの間にか、阿仁川の清流を見おろし乍ら、例の千間堤の上に、腰をおろしていた。

あたりに人影は、ひとつも見当らなかった。私の胸の中には、奇妙な寂寞感《せきばくかん》があった。

とたん――。

急流のただ中から、ぽっかりと、首がひとつ、浮びあがった。

そしてまた、すっと、水底に消えた。

それきり、なかなか浮びあがって来ない。

私は、いくらか不安になった。

水泳の心得はあったが、晩秋の冷たい水へ入るのは、ごめんであった。人を呼ぶにも、人影は全く見当らない。

と――再び、水面に、首が浮びあがった。

「おーい！」

私は、呼んでみた。

首は、ゆっくりと、こちらをふりかえった。

それは前髪をつけた少年であった。月影庵の池の水面に映った月影を、見事に両断した少年にまぎれもなかった。

流れを切って、岸辺にあがって来た少年の顔は、夜目に眺めた顔よりも、ずっとおさないものだった。

まだ、十二、三であろう。

少年は、大きな網袋を、腰に携げていた。幾尾かの魚が、はねまわっている。

私が問う前に、少年は、額の水を手の甲でぬぐって、一人で、語り出した。

「魚だって、走ってばかりは居り申さぬ。じっと停っている時が、あり申す。その時、わしは、そっと、魚をとらまえるのじゃ。……魚が停っている時、わしの目が走っている。わしの手は、わしの目の中にあるのじゃ。目で見て、それから手をのばして取るのは、ふつうの人のやることじゃ。目が走った時には、もう手がのびていなければならぬ。それが、すばやい魚を、とらまえるコツと申すものでござる」

「君は、振り下ろされて来る電光のような太刀でも、はっきりと見わけることができるのであろう?」

「うん。見わけることができる」

少年は、にっこりしてみせた。

「君は、十一代源之助君だね?」

「はい。源之助勝正でござる」

とどろくような大きな声で返辞をされて、私は、目覚めた。

私は、蚊帳の中で、いつの間にか、ねむっていたのである。

私は、しばらく、闇の中で、目をひらいていた。

やがてまた、睡魔にさそい込まれていった。

私は、再び、明るい陽ざしの中に置かれていた。しかし、その陽ざしは、晩秋のものではなく、すこしばかり汗ばむほどであった。

私は、新波家の庭の陽だまりの中で、莨《たばこ》をくわえていた。

母屋の土廂の下には、燕がさかんに往き来している。巣の中の雛《ひな》は、もうかなり大きくなっていて、親鳥が、虫をはこんで来るたびに、五、六羽がいっせいに黄色なくちばしを一杯に開いて、さわぎたてる。

私は、源之助少年が、ゆっくりと、庭の置石を踏んで、近づいて来るのを視た。

磧での出会い以来、私と源之助少年は、かなり昵懇《じっこん》になっているようであった。

源之助少年は、ちらと、私の方を視て、微笑した。

源之助少年は、三尺あまりの木太刀をたずさえていた。

廂下に入った源之助少年は、置石を蹴って躍り立ちざま、木太刀を一閃《いっせん》させた。

私は、はっとなった。

親燕が一羽、源之助少年の足もとに落ちた。

源之助少年は、跼《かが》みかかって、落ちた燕をひろいあげるや、ひょい、と空めがけて、拋《ほう》り上げた。

すると、燕は、何事もなかったように、矢のように、空へ翔《か》け去った。

私は、おどろいて、源之助少年を視た。

源之助少年は、微笑し乍ら、

「わしは、燕の飛びかたで、そいつがすこしくたびれているのが、判るのでござる。わしは、そいつのくちばしの前を、薙《な》ぎ申す。燕は、目眩《めくら》んで、地上へ落ち申す。……したれども、燕は、目がさめると、急に元気をとりもどして、虫をつかまえに、飛んで行くのでござる」

そう言いのこすと、こんどは、ゆっくりと、池の畔のくさむらの方へ歩いて行った。

そこには、秋津が、むらがりとんでいた。

少年は、そのむらがりの中へ、ひょい、ひょい、と指さきを、突き出した。

そして、たちまちにして、十尾ほどの秋津をつかまえていた。

私は、少年が、秋津をつかまえるのに、翅《はね》をつまむのではなく、その頭部をやんわりとつまむのを、見てとった。

成程《なるほど》――、飛んでいる秋津の翅をつまむのは、不可能であろう。頭にある目をつまんでしまえば、しぜんに、翅は閉じる理窟である。

私は、感服した。

九

あたりに、朝靄が、たちこめて、視界は全く閉ざされていた。

ひどく、肌寒い。

——真夏でも、こんなに寒いとは！

私は、胴顫《どうぶる》いした。

しかし、考えてみれば、ここは、東北の辺陬である。

おまけに、私は、かなり遡った時代に置かれているようであった。

天明年間の大飢饉には、夏であり乍ら、氷雨《ひさめ》のような霖雨が降りしきり、冷気天地に充ち、稲作はみな枯死した、というではないか。

昔には、これくらいの寒い日は、真夏でも、しばしばあったに相違ない。

——ところで、おれは、なぜ、こんなに、早起きしているのか？

私は、自分の行動をいぶかった。

——そうか、源之助少年から、明朝はやく会いたい、と言われていたのであったな。

私は、合点した。

そして、待った。

やがて、靄が、すこしずつどこかへ散り去った。

源之助少年の姿が、不意に、栗林の中から出現した。

少年は、燕を地上に落下させた時よりも、さらに、幼くなっているように思われた。

せいぜい、十歳ぐらいにしか見えなかった。

急に風が起り、栗の巨樹が、大ゆれにゆれさわいだ。

毬栗《いがぐり》が、雹《ひょう》のように、バラバラと降って来た。

しかし、少年は、すこしもあわてず、そのただ中に佇立《ちょりつ》していた。毬栗は、一個さえも、少年のからだには、ふれなかった。まるで、毬栗の方が、少年の頭上まで落ちて来て、ふれるのをさけるようにしているあんばいであった。

私は、やがて、毬栗の方がよけてくれているのではなく、私の目にはよく見えないのだが、少年が、小柄《こづか》のようなものを持って、毬栗をはじいているのだ、と判った。なんともあざやかな手練であった。

——このようにして、兵法の修業は、自然がつくるさまざまのものを対手《あいて》にして、なされるものなのか。

私は、少年が、栗林の中を、奔《はし》り去る後ろ姿を、見送り乍ら、感服した。

私は、源之助少年のあとを追ってみることにした。

そして——。

いつの間にか、鎮守の社のある丘陵の裾に立っていた。

新波一郎が教えてくれた三百三十三段の石段が、ゆるやかな勾配をみせて、頂上までのびていた。

「いや、とても、できるものではない」

私は、かぶりを振った。

私は、何者かに、この三百三十三段を、一気に馳せ登るように、促されているようであった。

私が、かりに二十代の青年に還《かえ》ったところで、とても、なせるわざではなかった。

と――いつの間にか、私のかたわらに、源之助少年が、立っていた。

少年は、あわれむように、私を視た。

それから、石段に正対して、じっと、澄んだ眼眸《まなざし》を据えた。

「奔れっ！」

私の背後で、その声が発しられた。

次の一瞬、少年は、はじかれたように、石段を駆けあがって行った。

まさしく――。

それは、風の迅《はや》さであった。

十

天明七年神無月《かんなづき》の頃である。

私に、たしかな記憶があるべくもないのだが、漠然と、その頃のような気がしている。

阿仁川の清流を、一艘《そう》の川舟が、下って行く――。

もう秋がふかまっているのであろう。水は、あくまで清冽《せいれつ》で、時折り掠《かす》める魚影が、いかにも冷たいものに感じられる。

あたりの山々も、ふかい藍色に冴えた秋の彩りである。

陽ざしは、あかるくさんさんとそそいでいるが、川面を渡って来る風は、顔に冷たく、膝がしらを掩うた緋毛氈《ひもうせん》を通して、冷気が舟底から、身にしみるようである。

肩には、厚い綿入れのはんちゃこをかさねているので、上半身はぬくもっている。

私は、なぜ、自分が、この川舟に乗っているのか、判らぬ。

ふと――。

舳先《へさき》の方に、十一代源之助が、もう一人かなり年配の人物とともに、乗り込んでいるのに、私は、気がついた。

いまはもう、少年の日のおもかげはどこにもなく、骨格はあくまで逞しく、赫《あか》く日焼け《な》た面貌、濃い頤鬚《あごひげ》、節くれだった指、大きく光って動かぬ双眼など、どれを視ても、大庄屋肝煎役として、永年つとめあげて来た貫禄を示している。額に刻まれている数本の皺《しわ》は、農民をかばって闘って来た辛苦の跡であろうか。

　一見四十前後の分別盛りであるが、実はまだ三十代かも知れぬ。衣服から察して、どこかの村の肝煎衆であることは、瞭《あき》らかであった。容貌も立派だし、風格があった。

　源之助よりは、七、八歳年長にみえた。

「たびたびのご出張で、えらい難儀のことでございります」

　対手の口のききかたは、鄭重《ていちょう》であった。

「なんの……、これが、わしのつとめでござる。このたびは、お手前にご足労をかけて、相すまぬ」

　源之助は、笑っている。

　物腰は、年配者の方がはるかにへりくだっているのだが、それがべつに奇異でないのは、源之助が、大肝煎としての位置に、どっしりと腰を据えている証左であろう。

　私には、この川旅が、なんの目的をもっているか、おぼろげ乍ら、推察がついた。

　渠らはいま（私も含めてだが）山城村の渡し場から、源之助の持ち舟で、阿仁川を下って、二つ井に出、そこから、陸路をとって、東能代、山本、琴丘、追分、そして久保田城下へ、赴こうとしているのだ。

大飢饉による村々の窮状を、藩庁に訴え、貢租、諸役免除の嘆願をするためなのだ。

二人の会話は、このたびの惨事のことに終始している。

源之助は、言った。

「わしは、意を決して、大館から矢立の峠を越えて、大鰐《おおわに》、弘前城下まで歩いてみたのじゃが、なんとも、おそろしい景色でござった。奥州で餓死二十万、ときこえて居るが、陸奥一円だけでも、あるいは、それを上まわる数かも知れぬ。どの村も、逃散がつづき、老幼男女を問わず、山から山へ、彷徨《ほうこう》して、山菜を食いつくし、やがて、街道筋へ流れ出て、乞食となり、暴徒となる。親は子をすて、子は親をすて……、あてもなく、うろつく群れは、まさに地獄の亡者とみえ申した。……どこの路傍にも、死人が仆《たお》れ、野犬が腐肉をむさぼっている。その野犬を殺して食おうと、飢えた者たちが、追いまわすが、棒を振る力も乏しゅうて、へたへたと、地べたへ坐り込んで、肩を喘《あえ》がせるさまは、あわれで、見て居れなんだ。これほどの惨状を、藩のお役人衆は、見て見ぬふりをされて居る。……飢え死するのは、百姓ばかりで、まだご城下のさむらい衆で、餓死した御仁がいる、とは、きこえて居らぬ。同じ人間が、不当に差別をつけられるのが、わしには、腹立たしい。米をつくるのは、百姓ではないか。しかし、米が食えずに、飢え死ぬのは百姓ばかりでござる。これは、なんという不公平であろうか。……百姓は、物成《ものなり》として貢米する。そして、さむらい衆を、養う。藁草《わらくさ》、糟《かす》にいたるまで、貢いで、さむらいの馬どもをふとらせる。薪《まき》、萓、雪かき人足、伝馬役、すべてが、百姓の使役じゃ。山林、原野をひらけば課税、川を利用し、魚を獲れば、これも課税――すべて、いわゆる十徳の平均免《ならし》という次第でござる。これでは、いったん、飢饉《けかち》が襲うて参れば、百姓どものくらしは、ひとたまりもない……」

源之助の口調は、次第に熱をおびて来た。

対手は、俯向《うつむ》いて、きいている。

私は、その悲愴な語気から、肚裡《とり》の決意の程を察した。

十一

……いつの間にか、二人の話題が変ったのに、私は、気づいた。

「ご支配殿は、近ごろ、江戸からやって来た大層な剣客と立ち合いなされて、これを、かるがると、撃ち負かされた、とうかがいましたが、その時の模様を、おきかせ願えませぬかな？」

対手が、たのんでいた。

しかし、源之助は、なぜか、不機嫌そうに、しばらく、沈黙を守った。

「ご支配殿が、兵法の話など、きかせるご気分ではないことは、よう判りますが……、わしらも、せめて、おのが仲間に、胸のすく振舞いがあった、ときいて、胸のつかえをおろしたく存じまするゆえ――」

「佐五殿は、わしを買いかぶられて居るようじゃ。わしは、若い頃、多少、兵法修業めいたことをいたしたが、おのれに、天稟《てんぴん》がそなわって居るなどと、自負したことは一度もないし、いつの間にやら、木太刀を振るのが、うとましゅうなって居る……」

「したれど、立ち合いなされたのは、一刀流の達人であったとか……。伊達《だて》、佐竹の御家中の手練者《てだれ》も敵《かな》わなんだその兵法者を、お手前様は、苦もなく、撃ち負かされたのではありませぬか」

「いや、それは、ちがう。苦もなく、撃ち負かしたのではない」

源之助は、かぶりを振ってから、遠くへ眼眸を置いた。その表情は、かなり暗いものであった。

「実を申すと、わしは、あの時のことを、はっきりと、おぼえて居らぬ。……是非に、と言われて、やむなく、木太刀を把《と》ったものの、久しゅう把ったことはないし、なにさま、対手が、兵法一筋に生きて居られる御仁ゆえ、ただもう、夢中であった、と申すよりほかはない。生れてはじめて、試合というものをやらされたことではあるし……、我流の百姓兵法に、業《わざ》の奥旨があるべくもなかったことでござる。……ふと、われにかえったら、勝っていた、と申すよりほかはない」

そこまで、語って、源之助は、黙り込んだ。

しかし――。

私は、源之助の胸裡で、呟《つぶや》かれている言葉をきいた。

――左様、わしは、勝った。しかし、勝ったのちに、わしが、おぼえたのは、師相伝の正しい兵法のおそろしさであった。一流・一派を工夫し、それを伝え、いよいよ研鑽《けんさん》し、錬磨し、かたい絆《きずな》のもとに一門を成すということは、いかに偉大なことか、それによって、その流派は、強い力を生み出す。孤剣は孤剣でなくなるのだ。殊に、その流派を代表する高弟ともなれば、同門の誇りを、全身全霊にみなぎりわたらせて居る。わしは、北辰一刀流の、あの兵法者と、対峙した時、その不抜の信念をこめた太刀先に、圧倒された。それは、技というものを超えたものであった。……にも拘らず、わしは、幸運にして、勝った。どうして、勝ったのか？　あとで思ったことだが、対手は、もしかすれば、わしの孤剣に、とまどったのかも知れぬ。……わしは、対手の剣に、北辰一刀流という偉大な流派の力を視ていた。いわば、それは、幾百、幾千の剣を合わせた力であった。その力に、わしは、圧倒された。ところが、対手は、わしの剣に、そのような力など、看《み》てとる筈がない。枯れ葦《あし》一本にも似た孤剣を見たにすぎまい。たよりなげな、弱々しい孤剣に対して、対手は、ふと、一瞬、さげすみを感じたのではあるまいか。

対手の木太刀が、宙に刃風を起して、わしを襲って来た瞬間――左様、わしは、これだけを、記憶している。その一閃の太刀から、北辰一刀流の力が散ったのを。

次の刹那、渠の木太刀は、いたずらに、地面を打っていた。一流の剣客としては、あるまじき、不覚であった。

わしは、どうしたか。はっきりとした、おぼえはない。あとで、思うたことだが、わしの木太刀は、地を匍《は》うように、はねあがって、対手の太股《ふともも》を薙いでいたようだ。

わしは、少年の頃、屋敷の裏手の鎮守の社の丘に通された三百三十三段の石段を、駆け登り、駆け降りる修業をして居る。父が時折り、そこに来て、わしに教えてくれた。

「目だぞ、源之助。いかに、跳ぼうと躍ろうと、足もとから十段さきの石畳までが、はっきりと、目に見えて居らねば、何もならぬぞ。目がすべてじゃ。そうすれば、目以外のものは、無碍《むげ》の碍になる。目すなわち体、となることによって、兵法の奥義は会得される」

わしは、その言葉を心にとどめて、石段を駆ける修業をつづけ、やがて、いかに迅く奔ろうと、跳ぼうと、躍ろうと、決して、石段の一階々々を、見失うことはなくなったものだ。

この試合に於て、わしの少年の日の修業が、はじめて役立ったようであった。

人間を対手に修業をしたことのないわしの剣法が、攻撃の太刀業を発揮できる道理がない。いわば、対手は、おのが流派の力を散らしたため、わしをあなどったために、敗れたのであろう。

わしの剣は、所詮、地にひそんだ守りの剣にすぎぬ。百姓剣法なのだ。わしは、水の上の月影を斬る修業をした。これも、決して攻撃の剣ではない。いかに、鮮やかに、月影を斬っても、水というものが両断できるものではない。ただ、冴えの業を会得するとすれば、水をすこしもみださぬことだけだ。これは、無心によってなされる。斬ると思わず斬る。そうすれば、水もまた、斬られたみだれをみせぬ。月影がただふたつに割れたごとくみえて、水はしずかに動かず、波紋もえがかぬ。守りの剣の極意とは、これであろうか。

だから、わしは、あの兵法者に勝つには勝ったが、勝ったという意識はない。どうして、勝ったかも、おぼえては居らぬのだ。

十二

源之助と隣村の肝煎佐五兵衛は、連れ立って、久保田城下に、入った。

実質四十余万石といわれるだけあって、城下のたたずまいは、すべておもおもしく、おちついている。

いたるところに、濠《ほり》がめぐらされ、城壁はすべて土塁で、その上に、檜《ひのき》の高い塀がめぐらされてあった。

三の丸から北の丸までの城内には、一門、譜代、大身の者が住んで居り、外廓に、中以下の家臣の家が、ならんでいる。

そこを侍町と称し、堀川を境として、東側を占めていた。

西側が、町人町であった。

源之助と連れは、町人町に入り、柳町の旅籠《はたご》に入った。

翌朝――。

渠らは、城廓の穴門の西北にある会所内の御詮議所に、まかり出て、貢租猶予の儀を、訴え出た。

しかし、それは、郡奉行秋田郡扱い方へさしまわしとなり、さらに、城内詰郡方吟味役の扱いにされた。

一向に埒のあかぬことであった。

ようやく、五日目になって、郡奉行清水若狭に、目通りが許された。

しかし、結果は、源之助が、予想していた通りであった。

「猶予の儀は、一切まかりならぬ！」

清水若狭は、着座するや、いきなり、大声で叱咤《しった》し、

「源之助、その方、近頃、百姓にもあるまじく、兵法試合などいたして、腕自慢を噂されて居るようじゃな。窮民一揆となれば、先頭に立って、太刀でもふりまわす所存か。笑止だぞ！」

と、きめつけた。

源之助は、ひたすらに、哀訴したが、清水若狭の口からは、嘲罵《ちょうば》が吐き出されたばかりであった。

旅籠へ戻って来た時、源之助と佐五兵衛は、絶望にうちひしがれていた。

しかし、このまま、おめおめとは、帰村できなかった。

その肩には、十数箇村の死活が、かかっていた。

「もう一度、目通りを願い出ようか」

源之助は、言った。

「おぼつかぬと存じますが、やってみねばなりますまい」

佐五兵衛は、こたえた。

あいにく、路銀が尽きていた。

清水若狭に再度の目通りを願うには、どうしても、あと数日、逗留しなければならなかった。

「金を工面して来よう」

源之助には、あてがあった。廓《くるわ》町に、米内沢町出身の商人がいて、源之助は、懇意であった。

夕食をすませてから、源之助は、旅籠を出た。

雨もよいの空であったが、なにかの催しでもあったあとらしく、廓町の通りは、雑沓《ざっとう》していた。

源之助は、無粋者であった。

廓などには、足をふみ入れたことはなかったので、このあたりの地理にはくらかった。

人に問うたり、あちらこちらへ、視線をまわし乍ら、さがして行った。

そのうちに、横列に並んで来た三人の武士の端の者に、どしんと肩がぶっつかってしまった。

十三

いつ、いかなる場合でも、源之助の腰のそなえは、たしかであった。

のみならず、対手の方は、かなり酔っていて、千鳥足であった。

肩がぶっつかるや、対手は、

「あっ!」

と、声をあげて、のけぞり、うしろの通行人にぶっつかりざま、ぶざまに一廻転して、地べたへ、崩れ込んだ。

「無礼者っ！」

「こやっ！」

連れの二人が、気色ばんで、左右から挟む構えをとった。

——しもうた！

源之助は、おのれの迂闊《うかつ》を悔いた。

藩士対手に喧嘩沙汰《けんかざた》をひき起すのは、いまの立場としては、甚《はなは》だまずいことであった。

「粗相をつかまつりました。ごめん下さりまするよう——。所用にて、つい急いで居りましたもので、ご無礼つかまつりました。何卒《なにとぞ》お許し下さいますよう、願い上げまする」

ひくく頭を下げておいて、源之助は、二、三歩退った。

「遁《に》げるか！」

二人のうち、六尺ゆたかの大兵《だいひょう》の方が、呶鳴《どな》った。

それは、したたかな気魄《きはく》をみなぎらせたもので、源之助の身に、ぴりりっとひびかせる威力を持っていた。

できる腕前に相違なかった。

遁《のが》れられぬ、と覚悟をきめた源之助は、その場へ、しずかに土下座し、俯向いた。

足蹴にすれば、気がすむであろうから、されるままになるつもりであった。

ひっくりかえった藩士は、何やら喚《わめ》き立てつつ、起き上ると、よろよろと源之助に寄って来た。

そして、源之助の髷《まげ》をひっ摑《つか》むと、ひき上げた。

「こやつ！　相当な面《つら》だましいだぞ。小面憎う、平然と、いたし居る」

かあっ、と痰《たん》を吐きかけた。

源之助は、黙って、手拭で、顔を拭いた。

そのさまを、じっと見下ろしていた大兵の方が、連れに、

「只者ではないのう。できるぞ」

と、言った。

泥酔の藩士は、上半身をゆらゆらさせ乍ら、

「この日暮甚左をつき倒すとは、おのれ、いい度胸だ。……尋常に、立ち合ってみせい！　尋常に――」

と、小突いた。

「何卒、お見のがしの程を願い上げまする。粗相は、この通り、お詫び申し上げて居りまする」

「黙れっ！　小ずるく、のがれようと、隙をねらっても、そうは参らぬ」

日暮甚左衛門は、片足あげて、源之助の肩を蹴とばそうとした。

とたんに――。

ひょい、と躱《かわ》されて、甚左衛門は、ふたたび、ぶざまに、ひっくりかえった。

蝟集《いしゅう》した見物人が、どっと笑った。

すると、連れの大兵の方が、

「おい、郷士、立て。覚悟せい。のがれられぬ上からは、立ち合って、九死のうちの一生をひろってみせい」

と、言った。

源之助は、頭をあげて、対手を視た。

そして、対手の眼光が、ただならぬもの、と受けとった。こちらがただの郷士ではなく、兵法の修業が成って居る、と看てとったに相違ない。

「どうだ、やるか？」

返辞を促されて、源之助は、ついに、ほぞをきめた。

「いたしかたありませぬ」

ゆっくりと、起《た》ち上った。

泥酔の日暮甚左衛門は、喚きたてて、やたらに、手をふりまわしていたが、徐々に首を垂れてしまった。

十四

二人の藩士が、ぞろぞろと跟《つ》いて来ようとする群衆を、凄じい吹声で追いはらっておいて、源之助をともなったのは、廓の裏手の空地であった。

沼がひろがっていて、なにやら異様な臭気がたちこめていた。

廓からの灯かげが流れ出て、互いの影が、はっきりと見わけられるあかるさではあった。

雑草が茂り、塵芥《じんかい》らしいものがあちらこちらに、うず高く積まれてある。

二間の距離をとって、対峙すると、

「郷士、名のれ！」

大兵の方が、促した。

「米内沢大肝煎・新波源之助にございます」

「やはりそうか。江戸千葉道場高足・高松右三郎を、撃ち据えた噂は、城下まできこえたぞ。……当藩剣道師範真淵十次郎だ」

「おれは、槍術師範武藤彦右衛門」

二人から名のられた瞬間、源之助の脳裡に、ちらと、郡奉行清水若狭の顔が掠めた。

自分と隣村の肝煎佐五兵衛が泊った旅籠が、どうやら、監視されているような気がしていたのである。

旅籠を出た自分を、尾《つ》けていた者がいたのではあるまいか。そして、この両師範役に、急報した。

あの日暮甚左衛門という藩士に、わざと泥酔したふりをさせて、自分に突き当らせておいて、喧嘩をふきかけ、こうして、立ち合いを余儀なくさせた、と考えられる。

清水若狭が、この両師範に、依頼したのだ。

そうだとすれば、これは、まぬがれ難い決闘である。

――しかし！

源之助は、おのれに、言った。

――ここでは、死ねぬ！　わしは、十六箇村を背負うて居る！

対手がたを、じっとすかし視乍ら、源之助は、心気を冷たく冴えさせた。

――斬られてはならぬ！

瞬間――。

背後から、無言で、跳躍して来た速影があった。

源之助は、間髪の差で、斜横に奔った。

襲った者は、源之助が立っていた地点を残して、両師範の面前で、立ちどまると、一刀をまっすぐにさしのべたまま、

「む——無念!」

と、洩《も》らした。

ほんのしばし、そうして、動かなかったが、急に、どうっとのめって、仆れ伏し、それきり、ビクともしなかった。

日暮甚左衛門であった。やはり、泥酔は、見せかけであったのだ。

源之助は、片手薙ぎの差料《さしりよう》を、右手に携げて、佇立していた。

「見事だの、新波——」

真淵十次郎が、呻《うめ》くように言った。

「高松右三郎を撃った秘剣は、それか」

「…………」

源之助は、こたえず、差料を、地摺《じず》りに構えた。

「よしっ! 参ろう!」

真淵十次郎は、上段に構えるや、雑草を踏んで、間合を詰めて来た。

源之助は、微動もせぬ。

夜空にかざされた真淵の白刃が、薄《すすき》がそよぐように、わずかにゆれた。

次の刹那――。

「とおっ!」

満身からの猛気を噴かせて、大地を蹴って、斬り込んで来た。

「南無っ!」

源之助は、ひくく発しざまに、差料を、はねあげた。

刃と刃が、嚙んで、火花が散った。

とみた――次の一瞬、源之助は、敵の白刃の下を、すべらせた差料を、まっすぐに、突き出していた。

「うっ――う……」

真淵は、咽喉のまん中を、頸《くび》まで刺しつらぬかれて、異様な絶鳴をほとばしらせた。

この勝負を視た槍術師範の武藤彦右衛門が、

「こやつが!」

と、叫んで、猛然と、突きの一手をえらんで、攻撃して来た。

源之助は、真淵の咽喉から、差料をひき抜くいとまはなく、それをすてて、地面を、犬のようにころんだ。

そして、そこに斃《たお》れている日暮甚左衛門の屍骸の上をはね越えて、すっくと立った。

その時には、すでに甚左衛門の手から、その剣を、取っていた。

「えいっ！」

武藤は、源之助に構えるいとまを呉れずに、電光の迅さの突きを、継続させた。

源之助は、うしろへ、うしろへ、と跳び退《しさ》った。

そして、塵芥の山のひとつへ、ひらと、跳びあがった。

当然——。

武藤彦右衛門が、えらんだのは、源之助の下肢を横薙ぐ迅業《はやわざ》であった。

源之助は、それを待っていたごとく、宙へ飛んだ。

「あ——ああっ！」

武藤は、おのが頭上を、鳥のように飛び過ぎる源之助に対して、ぐるりと、身を廻した。

ゆらっ、といったん上半身を傾け乍ら、ふみこたえた武藤は、おのがすぐ面前に立つ源之助を、視た。

廓の灯かげを受けた源之助の顔は、冷たくこわばっていた。

武藤は、かっと、双眼をひき剝《む》いた。

と——。

その額から、血潮がじわっと湧きあがった。そして、みるみる、あふれて、だらだらと、つたい落ちた。

……私は、空地の一角に立って、この光景を、見戌《みまも》っていたのである。

十五

それから、どれくらいの時間が経ったか。

私は、びっしょりと、全身を盗汗《ねあせ》でぬらして、目ざめた。

私は、月影庵の中に、寝ていた。

蚊帳を透して、月の光が、皓々とさし込んでいる。

庭は、無気味なほどの明るさであった。風は落ちて、枝葉は、そよともせぬ。

不意に――どこからか、かなりの人数が近づく気配がした。

私は、微かな恐怖をおぼえた。

忍び寄って来た人の群れは、この庵の露地まで来て、いったん立ちどまった。それから、裏木戸の方へ移って行った。

――木戸をくぐったな。

そう察しているうちに、異様な凄じい叫び声が、夜空をつらぬいた。

ひきつづいて、剣気の満ちた懸声が発し、大地を踏みちらす音、刃金の鳴る音、そして、いたましい断末魔の呻きが、つづけざまに起った。

ほんの数秒の間の出来事のようであった。

私は、大きく喘いだ。

その喘ぎで、こんどこそ、はっきりと目覚めた。

あかるい陽ざしが、庭いっぱいに満ち、蚊帳は、微風にそよいでいる。

どうやら、午《ひる》に近いらしい。

私は、蚊帳をはぐって、濡れ縁に出ると、莨をくわえた。

ひどく、頭が重く、ぼんやりしている。

跫音《あしおと》が近づいた。新波一郎の笑顔が見えた。

「昨夜は、どうだったね？　何か、変ったことはなかったかね？」

「うむ。……十一代に、会ったよ」

「やっぱり、そうか」

「君も、会っているのか？」

「ああ、この月影庵に、おれも泊ったことがあるんだよ。十一代が、夢に現われてね。

……君は、あの寺の門前で、斬り合う物音をきかなかったか？　例の七基の墓碑の前だ」

私は、頷《うなず》いた。

「あの墓碑の謎が解けたよ。あれは、おそらく、久保田城下で、十一代に斬られた剣道師範と槍術師範の門弟たちだったのだね。かれらは、師の仇《あだ》を討つべく、七人がえらばれて、十一代を襲った。かれらは、いずれも、相当な使い手だったに相違ない。それが、一人のこらず、一瞬のうちに、斬り伏せられてしまったのだね。しかし、十一代も、罪を負って、切腹した」

新波は、その通りだ、とこたえた。

「おれが、真相を知ったのは、つい、このあいだなのだ。十一代の妻女の実家である向い山城村の屋敷から、偶然、十一代の日誌が発見されたのだ。失火で殆《ほとん》ど焼失していたのだが、さいわい、その日誌だけが持ち出されて、残っていたのだね。それによると、十一代は、あの七基の墓碑を、建てるように、自身の遺言にしているんだね」

「十一代は、よほどの達人だったとみえるね」

「どれくらいの使い手だったか。その記録がのこっていれば、君をよろこばせることができるんだが……」

「いや、ちゃんと、夢の中で、その秘術を見せてもらったよ」

「流石は、剣豪作家のみる夢は、ちがっていた、というわけだな。……君に来てもらって、十一代を、世間に発表する機会ができたのがうれしいね。ところで、君は、十一代が、独り学んで、特殊の秘法をあみ出したことが、信じられるかね？」

「信じたいと思うね。私は、剣法というものは、やはり天稟のそなわった人物が、独り学んで、一流を創始するものだ、と思うね」

「成程——。もし、十一代が、家をすてて、江戸へ出ていたら、後世にのこる兵法者として名を挙げたかも知れないね」

新波は、腕を組んで、いかにも満足そうであった。

私は、翌日、新波家を辞した。

帰って来た東京は、相変らず、騒々しく、空気がにごりきっていた。

花の剣法

一

浅利左馬助が、はじめて、その頭脳的な腕前を示したのは、出府する道中においてであった。

四国の片隅の、小さな藩の、無役にひとしい家に生まれ、両親をはやく喪《うしな》った左馬助に、おそるべき天稟《てんぴん》があることなど、家中の者さえも知らなかった。

べつだん、左馬助は、剣の奥義をきわめて、一流になってやろうなどと、志した次第ではなかった。なんとなく、おもしろいし、あきないし、どうせほかにすることがないので、一人で、ひそかに修業してみたまでであった。性格も少々変っていたが、これは、当人が意識する筈もなかった。

左馬助が、修業をはじめたのは、十三歳からであった。ある日、雨あがりに、屋敷の裏手にある小径《こみち》を過ぎようとすると、大きく樹冠をひろげた老松が、急な風をうけて、枝を顫《ふる》わせた。

左馬助は、ふるい落された露で、ぬれねずみになった。それが、腹が立った。

「よし！」

翌朝はやく、左馬助は、木太刀をもって、その老松の下に立った。

枝葉にたまった露は、絶え間なく、ぼたり、ぼたりと、雫《しずく》を落していた。

その一滴一滴を、撃ちはじめた。これは、容易なわざではなかった。百を撃って、一を当てれば、よい方であった。

左馬助は、これを倦《う》まずに、二年つづけた。元服した時、左馬助は、落ちてくる雫を、ことごとく撃つことができるようになっていた。

その頃、樵夫《きこり》の女《むすめ》が、侍婢として、奉公に来た。勝気な娘で、また、山中を鹿のようにかけめぐって育っていたので、左馬助が、雫を撃つ修業をしているのを眺めて、その天稟に興味をもった。

そして、つぎつぎと、新しい修業方法を思いついて、すすめた。椋《むく》の実を、天井からつり下げて、刀の切先《きっさき》で突き当てるとか、箸で蠅を捕えるとか――。

この下婢が思いついた修業のうちで、いちばん、やりにくかったのは、紙縒《こより》で、丸行燈《あんどん》の紙を突くことであった。紙縒を、錐《きり》ででもあるかのように、一念こめて、突き、紙をぶすりと突き破る、というのは、容易のわざではない。左馬助は、これを、三年間も、毎晩つづけて、ついに、突き破れるようになった。そして、そのうちに、突き破っても燈火を、すこしもゆれうごかさないまでになった。

「佐代、わしは、もう、一流の剣客と立ち合っても、ひけはとらぬであろうな」

珍しく、左馬助が、自慢したのは、二十歳の正月の屠蘇《とそ》を祝い乍《なが》らであった。

「さあ、いかがなものでございましょうか」

下婢は、にこにこし乍ら、小首をかしげてみせた。

「まだ、修業が足らんと申すのか？」

「油断なさいますと、わたくしのような女子にも負けます」

「そうか。では、ひとつ、わしが油断しているところを、やっつけてみてくれい」

左馬助は、たのんでおいた。

それから、一月ばかり過ぎて、左馬助は、城代家老の供をして、三日ばかり、国境の見まわりに出かけて、旅塵にまみれて、帰宅した。

下婢は、すぐに、足漱《あしすす》ぎの桶をはこんで来た。

左馬助は、その湯加減を、一瞥《いちべつ》しただけで、

「これは熱いな。水をうめてもらおう」

と、云った。

「油断がございませぬな」

下婢は、笑い乍ら、水桶を取って来て、ざぶりとうめて、

「これならば、加減がよろしゅうございましょう」

と、すすめた。

「うむ――」

左馬助は、桶へ両足を入れるや、

「あっ！」

と、とび上った。

水をうめたと思わせて、更に、熱湯を注いだのである。

「やられた。まだ、修業が足らぬな」

左馬助は、兜《かぶと》を脱いだ。

その下婢が、翌年逝くや、左馬助に、こうした修業が成って居ろうなどと、知る者はこの世界に一人もなくなった。

左馬助は、どちらかといえば小柄であったし、きわめて平凡な風貌をしていたし、また、道場へ稽古にかよわなかったので、あってもなくてもいい存在と見られていた。

江戸勤番を命じられて、国許《くにもと》を出たのは、二十三歳の秋であった。

三島宿で一泊すべく、旅籠《はたご》へあがって、程なく、隣りの脇本陣が、騒然となった。

京へおもむく新任の所司代の家臣の一人が、突然、発狂して、朋輩を斬って、二階にたてこもってしまったのである。腕の立つ若侍であった。

これをとりおさえる自信のある者は居らず、いたずらに、騒ぐばかりであった。

左馬助は、それをきいて、出かけて行き、自分がとりおさえてみようと、申し出た。

そして、鉄瓶の蓋を借りると、それをあたまへのせて、宗十郎頭巾をかぶった。

暗い階段をのぼりはじめると、踊り場に仁王立った狂者は、生贄《いけにえ》を発見した幽鬼のごとく、気息を絶って、身がまえた。

左馬助は、なんのためらうところもなく、階段をのぼった。

「ええいっ！」

凄じい気合とともに、狂者は、大上段から、斬り下した。左馬助は、これを、脳天に受けて、斬られたごとく、匍《は》い伏した。

狂者は、存分の手ごたえはあったし、斬ったとばかりおごった。その油断をうかがって、左馬助は、飛鳥のごとく跳躍して、狂者の股間へ、拳《こぶし》を突き入れた。狂者は、あっけなく、のけぞった。

悶絶したのへ縄をかけておいて、降りて来た左馬助は、頭巾をぬいだ。鉄瓶の蓋は、真二つに割れていた。文字通り、間一髪で、たすかったのである。

この見事な働きは、左馬助が、江戸へ入らぬうちに所司代によって、藩邸へ、早飛脚で報《しら》された。

左馬助は、主君じきじきに、ほめられたが、ただ、てれくさそうにしていた。

二

しかし、狂者をとらえたのは、機転であって、左馬助自身に、異常なまでに秀れた剣技がそなわっていることを明らかにしたことにはならなかったので、藩邸では誰も左馬助の業前《わざまえ》を覧《み》ようとする者はいなかった。

左馬助が、そのすばらしい迅業《はやわざ》を為《な》したのは、千余の群集のまっただ中であった。しかも、一人として、その迅業を見とどけはしなかったのである。

相撲が、熱狂的な人気をよぶようになった時世であった。白河楽翁《しらかわらくおう》が、吹上の苑内で、はじめて、上覧相撲を催して、天下の耳目を惹き、洽然《こうぜん》と、人気を盛りあげてから、数年経った頃であった。

回向院《えこういん》境内を本場所ときめて、春夏二季、晴天十日間の興行がおこなわれていた。

その夏の初日に、左馬助は、急病になった江戸家老のかわりに、いちばん後方の片隅の桟敷に坐っていた。うしろは囲いの藁筵《わらむしろ》であった。

生まれてはじめて見物する勧進相撲であった。左馬助は、終始にこにこし乍ら、熱心に、土俵上を眺めていた。

そのうちに、すぐわきの桟敷にいた町人たちが、

「くさいぞ。なにか、焦げている」

と、見まわした。そして、ひどい悪戯がなされているのを見つけた。

左馬助の桟敷の背後の筵の上の丸太に、破落戸《ごろつき》らしい男が腰かけて莨《たばこ》をすっていたが、恰度《ちょうど》、目の下にある左馬助のあたまを、莨盆代りにしていたのである。一服すいおわると、その吸殻を、ぽんと、左馬助の髷《まげ》の上へ、のせておいて、あたらしいのを煙管《きせる》につめ込み、その吸殻で、すいつけていた。

臭かったのは、左馬助の髷のこげるにおいであった。

町人たちは、目ひき袖ひきして、たちまち、周囲の視線が、その悪戯にあつまった。

一瞥して小藩の勤番と判る武士など、江戸っ子は軽蔑していたし、破落戸がこんな侮辱を加えるのを痛快がる風潮があった。

当然——周囲の視線が、自分に聚《あつ》まっているので、左馬助が、気づかぬ筈はなかった。

しかし、左馬助は、そ知らぬふりで、そのにこにこした表情をかえようとはしなかった。

やがて、木村庄之助《きむらしょうのすけ》の緋総《ひぶさ》の軍扇で、谷風《たにかぜ》と小野川《おのがわ》の龍攘虎搏《りゅうじょうこはく》のたたかいがあってから、打出し太鼓が鳴り、観衆は、どっと立ち上った。

その時、とある一角で、けたたましい悲鳴があがった。

「く、首だっ！」

生首が一個、降って来て、どさっと、足もとにころがったのである。きもをつぶした者の金切声で、あたりは、野次馬の喧噪の渦と化した。

奇怪なことであった。生首だけが、降って来て、その胴体は、どこにもなかった。

(胴体は、左馬助のうしろの丸太からひっくりかえって、筵囲いの外へ落ちていたのである)

その生首が、左馬助の髷を莨盆にしていた破落戸のものであるとみとめた町人が、

「あっ——あのさむらいがやったんだ！」

と、桟敷を降りて行く左馬助を、指さした。

奉行所の同心が、木戸口で、出ようとする左馬助をさえぎった。

「差料《さしりよう》をあらためさせて頂きたい」

冷たく見据え乍ら、要求した。

首を刎《は》ねたからには、あぶらで曇っている筈であった。

左馬助は、飄乎《ひようこ》とした様子で、

「それがしが、斬りすてたと云われるのか？」

と、云った。

「差料をあらためれば、判ること——」

同心は、斬った理由もすでにきき知っていたが、身分も高い人々もいる場内でなされた殺人沙汰をゆるせぬと、気負っていた。

「もし、それがしの差料が、斬りすてた証拠をしめさぬあかつきには、如何《いかが》されるな？」

左馬助は、問うた。同心は、さっと気色《けしき》ばむと、

「看《み》せられい！」

と、叫んだ。

「左様か。そうまで申されるなら――」

左馬助は、すっと一歩出ると、一瞬、目にもとまらぬ迅さで、腰から抜きはなった。

その白刃の煌《きらめ》きに、同心は、目晦《めくら》んで、思わず、身をそらした。周囲の群衆も、あっ、と思ったときには、もう、左馬助の左手が白刃を持っているのを、見出した。

同心も、人々も、左馬助が、右手で抜いたと思われるのに、どうして、左手に持っているのか、判らなかった。

「いかが？」

左馬助は、刀身を、すうっと、同心の鼻先へつきつけてみせた。血を吸った痕跡など、どこにもなく、冴えていた。

「納めても、よろしいな」

「よ、よろしい」

次の瞬間、左馬助は、ふたたび、そのすばらしい迅業で、白刃を、腰に納めた。

同心は、左馬助が、どのような文句をつけて来るか、とおそれた。

しかし、左馬助は、

「ごめん――」

そういっただけで、すたすたと、出て行ってしまった。同心は、ほっとした。

破落戸の首を刎ねたに相違ないにも拘《かかわ》らず、どうして、差料が曇っていないのか、判断に苦しみ乍ら、奉行所に戻った同心は、そのことを、上司に報告した。

その上司は、剣についてくわしかった。

「よほどの居合の達人だの」

笑い乍ら、

「左手に、抜き持っていたであろう」

と、いいあてた。

「左様です」

「はは……、お主は、自分の差料をあらためたのじゃよ。対手《あいて》は、左手でお主の差料を抜き、右手で、おのが差料を、お主の鞘《さや》に入れた」

同心は、あっとなり、悪寒をおぼえたことだった。

三

春になった。

江戸中は、花見でうかれていた。殊に、向島の桜並木は、朝陽がさしそめた頃から、茶番好みでおし出して来た見物人で、うずまる。

花の下に短冊をかけて、心しずかに花の名ごりを惜しみ乍ら、清酒をくむ風流は、郊外も遠い場所に、名木の一本桜をえらんでのことであった。

向島をはじめ、道灌山、飛鳥山、御殿山など、町中総出、弟子をひきつれた師匠、さてはワイワイ講中など、いずれも凝った仮装で、どっとくり出すので、その賑いは大変であった。

そして、花見の場所では、武家も町人も、わけへだてなくいたすように、という八代将軍吉宗《よしむね》の粋《いき》なとりはからいがあって以来、勤番侍など、うっかり近よれないくらい、江戸っ子の鼻息は、花と酒にうかれて、凄じかった。

花見の無礼は、公儀黙許ともなれば、その場所で天下人の風をふかせるのは、町の大金持たちであった。屋形船、供の屋根船、通い舟、茶舟など十数艘《そう》をつらねて、どやどやと土手へあがって来る時の、仮装行列の華やかさを競うことになる。市村座で出している田舎源氏の狂言をそっくり模したり、忠臣蔵の四十七士になってみせたり、深川の流行《はやり》っ妓《こ》をのこらずかきあつめて、そろいの小姓姿にさせてみたり――この半日の上機嫌のために、数百両をおしまぬ。

白塗り白無垢に、金拵《きんごしら》えの小太刀を佩《は》いて、光源氏になった大町人は、幇間《ほうかん》が組んだ人馬にうち跨《また》がって、得意げに胸をうちそらし、数十人の供立をひきつれて、土手をねりあるいていたが、ふところをさぐると、

「さあ、どうじゃ。この切餅（二十五両包み）を、川へ投げるが、とび込んで、つかみとって来る者は居らんか」

と、かざした。

「どうじゃ、どうじゃ。水練を得意とする奴は居らんか。切餅ひとつだぞ。……仙八、お前は、どうじゃ？」

幇間の一人は、きかれて、首をすくめた。

「へへ、産湯《うぶゆ》をつかった時、産婆に落されて、溺れて以来、どうも、泳ぎはいけませんや」

「助七、お前は――？」

「あいにく、お袋の遺言で、へへ、蒲柳《ほりゅう》の質で、水垢離《みずごり》も遠慮いたして居ります」

「ばか野郎。吉之助、お前やれ」

「殺生な、旦那様、あたくしは、先月女房をもらったばかりで、水入らず――」

「どいつもこいつも、度胸のない奴らばかりだ。……誰か、いねえか」

それに応《こた》えて、とある桜樹の根かたから、みすぼらしい装《なり》の浪人者が、ふらりと立ち上った。

「わしが、やろうか」

左馬助であった。勧進相撲で、破落戸の首を刎ねた罪を問われて、自分から願い出て致仕し、いまは、本所の裏店《うらだな》で、手習い師匠をしていた。その貧しい子供たちをつれて、遊びに来ていたのである。

「お、浪人さん、やんなさるか。二十五両ありゃ、一年寝てくらせますぜ」

「うむ――」

左馬助は、素袷《すあわせ》を脱いだ。

「よろしゅうござんすかね」

町人は、痩せた左馬助の裸身へ、軽蔑の眼眸《まなざし》をくれた。

「投げてくれ」

「よーし！」

町人は、力まかせに、思いきり遠くへ抛《ほう》った。当然、左馬助が、それにむかって、裸身を跳らせ、水飛沫《みずしぶき》をあげるもの――と、誰もが思った。

ところが、左馬助は、水にとび込むかわりに、うしろにかくし持っていた縄を、びゅーっ、と投げた。縄のさきには、茶碗がくくりつけられてあった。

三間のむこうの、切餅の沈んだその水面へ、茶碗もまた落ちた。

左馬助は、人々が固唾《かたず》をのんで見戍《みまも》るなかで、ゆっくりと縄をたぐった。

「おっ！　あるぞ！」

ひきあげられた茶碗の中に、みごとに切餅は入っていた。

左馬助は、素袷をまとうと、まだ唖然《あぜん》としている町人に一礼した。

「これで、子供たちに学ばせる書物が買え申す」

と、云って、子供たちを促すと、歩き出した。

番頭の一人が、主人の咜付《いいつ》けで、いそいで追って来て、ひとつ店の用心棒としてやとわれてもらえまいか、離れを与えて、気ままなくらしをさせる、とたのんだ。

瞬間、左馬助の表情が、凄じいものに変った。

「たわけ！」

一喝されて、番頭は、腰が砕けたように、よろめいたことだった。

裏店へ戻って程なく、一人の訪客があった。土手の見物人に交っていた、年配の武士であった。

さる西国の大名の留守居、とだけ告げて、依頼の用件を申し述べた。

その大名の領地では、数年前からかなり大規模な炭礦《たんこう》をひらいた。当時、石炭は、日本国内にあっては、なんの役にも立たないしろものであったが、密貿易の見返り品としては、何よりも貴重であった。

このために、藩の財政は、にわかに裕福となった。しかし、この密貿易は、公儀に絶対に気どられてはならなかった。

ところが、いつの間にか、藩邸の奥向きに、夫人付きの侍女として、公儀から遣された間者が入り込んで来た。

これを発見したお庭見廻りの士《さむらい》が、追いつめて、逆に、斬られている。

女間者《めかんじゃ》は、追いつめられると、地を蹴って内塀の短冊瓦の上へ、躍り立ち、またとび降りざまに、その士を斬った、という。

ほかの士たちが、かけつけた時には、その士は、もう虫の息で、ただ、微かに、

「無明……」

と、もらしたそうである。女中ずれに斬られたのが、よほど無念であったのであろう。

お留守居役の依頼は、その女間者を、さがし出して、捕えて頂けまいか、ということであった。

もとより、その顔も判っていないことであった。この二年あまりのあいだに、奉公させた奥女中は、十七名もいた。その中の一人であることは、まちがいなかったが……。

左馬助は、しばらく、腕を組んで、考えていたが、

「お引受けいたしてもよろしいが、その詮議にあたって、奇矯の振舞いをおゆるし下さるならば――」

と、条件をつけた。

「勿論《もちろん》、如何様《いかよう》なる方法でもおとり下され」

お留守居役は、承知した。

四

左馬助が、その下屋敷へ伺候したのは、上巳《じょうし》節句の日であった。

初雛《はつひな》の祝宴は、上は大奥から下は裏店にいたるまで、山海の佳珍の饗応《もてなし》万端をととのえた。

物学びする者は師の許へ、佳辰の祝礼あって、目録の包物を参らす。武家は主人へ、職人は親方へ、商人はおとくいへ、僧は師の坊へ、借地借家の住人は地主家主へ、それぞれ、ご機嫌伺いに出かける。

大名の奥向きでは、秘蔵の雛をかざって、この日ばかりは、女中たちが、無礼講の余興を披露する。左馬助は、お留守居役の招待に応じた禁中北面の武士というふれ込みで、

伺候した。

通されたのは、曲水の金屏風《きんびようぶ》の前に、お小直衣雛《このうしびな》、次郎左衛門雛、能人形など美しく飾った広間であった。雛段の前の猩々緋《しようじようひ》の毛氈《もうせん》には、御用達商人からの、さまざまな献上品が、うず高く積まれてあった。

夫人は、すでに、四十をこえている、いかにもおっとりした童顔の女性であった。左右に、およそ、三十名ばかり、女中たちが、居竝《いなら》んでいた。

左馬助に、蒔絵《まきえ》のあるギヤマン徳利で、白酒をふるまってから、夫人は、微笑し乍ら、問うた。

「意外の業を使うとききおよびましたが、今日は、どのような業を見せてくれますか?」

「席書きをつかまつろうと存じます」

「席書きをな」

「左様、べつだん能筆を誇るのではありませぬ。ただ、筆を用いずに、席書きをつかまつるのが、それがしの得意といたしますところで――」

「筆を用いずに――?」

夫人をはじめ、女中たちはあきれて、左馬助の平々凡々たる無表情を見まもった。

「紙も硯《すずり》も、なるべく、大きいのがよろしゅうございますれば、お願いつかまつる」

すぐに、左馬助の前に、毛氈が敷き延べられ、障子大の紙がひろげられた。

硯も、特大の品であった。女中の一人が、墨をすった。

――筆を持たずに、どうやって、書くのであろう？

ひとしく、好奇心をあふらせて、固唾をのむ。

「勝手乍ら――」

左馬助は、云った。

「お女中たちのうち、薙刀《なぎなた》の上手な方が居られるならば、背後より、それがしに斬りつけて頂き度う存じます。その刹那の呼吸をもって、書き上げます」

不敵な所望であった。夫人は、萩野という女中に、その役を命じた。

萩野が、薙刀をかまえて、背後に立つや、左馬助は、さらに、もうひとつ、所望するところがあった。

「それがしが、首尾よく、書き上げましたならば、希望するところのものを賜わり度く存じます」

「申してみられるがよい」

「それがし、いまだ、独身なれば、妻をめとり度く存じて居ります。お女中たちのうちより、えらばせて頂くならば、この上の幸甚はありませぬ」

夫人は、承知した。

左馬助は、萩野をふりかえりもせずに、

「気息が整ったならば、いつでも、斬り下げられい」

と、云った。

萩野は、町道場主の女で、武術に充分の自信があった。

しずかに、左半身になり、薙刀を右脇に立てる陰《いん》の構えをとったが、その瞬間、なよやかな女中姿が一変したかと思われるくらい、烈しい剣気をみなぎらせた。

その剣気を、背面にあびつつ、左馬助の面ていは、依然として、おだやかであった。

萩野は、徐々に、石突きを前へすり出す天の構えに移りつつ、眸子《ひとみ》に光を加えた。

潮合が、きわまった。

「えいっ！」

裂帛《れっぱく》の気合もろとも、天の構えから、右足を一歩ふみ込んで、左馬助の左肩めがけて、びゅっと、袈裟がけに、斬り下した。

刹那――身をひねった左馬助は、薙刀の千段巻きを、むずと摑《つか》みざま、

「やっ！」

懸声凄じく、たぐった。斬りつけた勢いを、逆に利用されて、引かれた萩野の体勢は、そのまま、崩れた。

「ごめん――」

左馬助は、のめって来た萩野の首をさっと小脇にかい込み、手ばやく、その島田髷を解いた。

さんばらに乱れたその黒髪を、手一束《いっそく》に握るや、それを、硯の墨へ、とっぷりと浸けた。

とみるや、当て落した萩野のからだをかるがると、横抱きにかかえあげて、その髪筆を、障子大の紙に、躍らせた。

墨痕淋漓《ぼっこんりんり》として、書いたのは、

「散りぬれば後はあくたになる花を、思ひしらずもまどふ蝶かな」

古今集にある僧正遍昭《そうじょうへんじょう》の一首であった。

左馬助が、紙を巻いて、わきに寄せ、

「粗略の業にて――」

と、頭を下げると、夫人はじめ、女中たちは、われにかえって、感嘆の声をもらした。

「お約束なれば、お女中たちのうちより妻をえらばせて頂きまする」

左馬助は、申し出た。

「のぞむがままに、えらばれるがよい」

「されば――」

左馬助は、女中たちの顔を、順々にのこらず見わたしたが、かぶりを振った。

「いずれが、あやめ杜若《かきつばた》——無骨の目には迷い申す」

そう云って、首をひねってみせた。

ひそかに、次の間に坐っていたお留守居役は、いよいよ、これから、左馬助が女間者をさがし当てるのであろう、と思ったが、どうやって、さがし当てるのか、見当もつかなかった。

「どうしましょうの」

夫人も、左馬助のまよいを尤《もっと》もだ、と感じて、微笑した。左馬助は、ちょっと、逡巡《ためら》う気色であったが、

「本日は無礼講なれば、埒《らち》もない手段をおゆるし賜わらば、と存じまするが……」

と、云った。

「どのような手段であろう?」

「妻をめとるからには、男子として、睦《むつ》び合う箇処の良し悪しをたしかめたく存ずるのは、人情と申すもの。それがし、決して蕩児ではありませぬが、女陰のかたちについて、聊《いささ》か意見を持って居ります」

左馬助は、たんたんとして、云った。

「貌《かお》の美醜はもとより、子孫をのこす上に大切乍ら、それにも増して、女陰のかたちの佳良こそ、良い子を生むためにはおろそかにできませぬ……。もし、おゆるしたまわる

ならば、この場にて、それをたしかめ、一番よろしきかたちを、えらびたく存じます」

　この申し出には、夫人も、返辞をためらった。すると、左馬助は、

「いや、決して、お女中がたを、裸身に剝《は》ぎ申すわけではありませぬ。ほんの一瞬のあいだ、目をとじて頂けるならば、それがし、まちがいなく、たしかめ申します。恥辱をおぼえるいとまさえも与えはいたしませぬ」

　と、弁明した。

「どのような姿勢をとらせますぞ？」

「裾を端折って、縦に一列に竝び、二尺あまり、脚を開いて頂けますならば——」

「それだけで、よろしいのかえ？」

「それだけで、よろしゅうございます。それがし、決して、お前をめくって、覗《のぞ》き見たりはつかまつりませぬ」

「それでは——」

　夫人は、頷《うなず》いて、女中たちに、覚悟するように申し渡した。

　左馬助は、この一両年うちに奉公に上った若い女中たちだけでよい、とことわり、こんどは、一本の新しい筆を所望した。そして、自ら懐中から、手拭をとり出して双眼をしばった。

　十七名の女中たちは、裳裾を高く端折って、白ちりめんの下裳《こしまき》をみせると、縦一列に

竝び、脚を二尺に開いた。

双の手を、前の者の肩に置くように、と左馬助は、命じておいて、そろりと立つや、すり足に、いちばん先頭の女中の、一間ばかり前に進み、片膝折った。

右手に持った筆は、まっすぐに、肩わきに立てていた。

「よろしゅうござるな。……動きめさるな！」

そう云い置いて——次の瞬間、左馬助は、傴僂の姿勢で、先頭の女中の股間へ、滑り込んだ。

見物する夫人や女中たちの目には、白い下裳が、ひらっひらっと、あおられるのが映っただけで、殆《ほとん》ど、左馬助の姿はみとめられなかった。それほど、左馬助の股くぐりの走りかたは、すばやかった。

あっという間に、十七名の股間をくぐり抜けた左馬助は、目を掩《おお》うた手拭をはずすと、もとの座へ戻った。

調べられた女中たちは、裳裾をおろして、その場へ、坐った。

「わかりましたかえ？」

夫人が、訊《き》くと、左馬助は、にこにこして、

「えらび申した」

右手を挙げると、殿《しんがり》からかぞえて六番目の女中を、指さした。

「あれなるお女中を――」

「おお、美奈が――」

一同は、一斉に、その女中を見やった。美奈と呼ばれた女中は、はずかしげに、俯《うつむ》いた。

「美奈、浅利殿のそばへ行くがよい」

夫人から命じられて、美奈は、しばらくためらっていたが、立ち上って朋輩たちのうしろを歩いた。

そして、先頭の者のうしろを過ぎた時に、その態度を一変させた。

ぱっと身を躍らせて、奔《はし》るや、さきほど萩野が使った薙刀を、長押《なげし》からつかみどりざま、

「覚悟っ！」

と叫んで、左馬助に、肉薄した。

左馬助は、面上から微笑を消さずに、

「勝負は、庭でいたす」

と、云った。

庭へとび降りた美奈が、お留守居役から自分の差料を受けとって降りて来た左馬助めがけて、猛然と開始した攻撃はまことに凄じかった。萩野などは、比較にもならぬ手練《てだれ》

ぶりであった。

正面を搏《う》つかとみせて、さっと胴を薙《な》ぎ——薙いだ一閃《いっせん》をつばめがえしに、下から上へ、びゅっと斬りあげ、斬りあげたとみるや、笹がくれ体剣の構えから、大霞に突く……息もつかせぬ迅業の連続であった。

その練磨の攻刃を、左馬助は、風に舞う羽毛のように、ひらりひらりと躱《かわ》していたが、一瞬、

「参る!」

と、叫ぶや、一颯《いっさつ》の刃風の下に、長柄を半ばから、すぱっと両断した。

そして、差料をすてて、襲いかかると、白砂へねじ伏せ、容赦なく、衣裳をみるみるむしり取った。

美奈の悲痛な呻《うめ》き声のなかに、白羽二重の下着も、緋ぢりめんの肌襦袢《はだじゅばん》も、そして、腰にまとうた白い下裳さえも、剥いでしまった左馬助は、

「お留守居殿、見られい」

いいざま、そのゆたかな下肢を、左右におし拡げてみせた。

美奈は、無毛であった。

「お庭見まわりの御仁が、この女間者に斬られて、息絶える時、無明と呟《つぶや》き申したそうながら、さあらず、塀からとび降りるのを看て、無毛と知り、そう告げたのです」

左馬助は、あかしてから、手ばやく、美奈の裸身へ、衣裳をかけてやり、

「この女間者、それがしの妻に申し受くお約束なれば、何卒《なにとぞ》おゆるし下さいますよう」

と、夫人に、言上した。

夫人とお留守居役は、顔を見合せた。

「お約束でありますぞ！」

左馬助は、語気をきびしいものにしていった。

「それほどののぞみならば――」

夫人は、反対しようとするお留守居役を押えて、ゆるした。

左馬助は、美奈をともなって、本所の裏店へ、帰った。

左馬助が美奈と、とも白髪まで添いとげたかどうかは、不明である。

邪法剣

室町幕府の代々の将軍のなかには、不運な人が多かったが、殊に、足利尊氏《あしかがたかうじ》からかぞえて十三代義輝《よしてる》は、最も悲壮な運命の持主であった。

下剋上《げこくじよう》も、義輝の頃になると、陪臣の三好《みよし》・松永《まつなが》らの勢力が増大し、渠《かれ》は、三度も近江《おうみ》へ避難しなければならなかった。

その最期は、将軍としては前代未聞の阿修羅の討死であった。

松永弾正《だんじよう》の奇襲を受けた義輝は、自ら鞘《さや》をはらった名刀七本を、側に置き、斬っては捨て、折れては取り換え、敵兵二十余名を死傷せしめ、身に無数の創痍《そうい》を蒙《こうむ》って、斃《たお》れている。

義輝は、幼少から剣を好み、二十歳頃には、ひとかどの兵法者となっていた。はじめ、塚原卜伝《つかはらぼくでん》に学び、のちに、上泉伊勢守信綱《かみいずみいせのかみのぶつな》の指導を受けた。

剣聖と称せられる上泉信綱が、京へ上ったのは、五十六歳の時であった。永禄六年である。子息の秀胤、高弟の神後伊豆《じんごいず》、疋田文五郎《ひきたぶんごろう》らを、ひきつれていた。

信綱は、もともと、年若くして上州大胡《おおご》城の大将であったので、当時の浮浪の兵法者とは、比べもならぬ格式をそなえていた。

京へ上った時には、従者は二十余名。信綱は、猩々緋《しょうじょうひ》の袖なし羽織をまとって、白馬にうちまたがっていた、という。長槍三本、飾り太刀七本を、従者に携えさせていたので、行軍の一小隊にも較べられた。

後世史家は、これを示威と評したが、一城の主人であった信綱が、その格式を保ったのは、当然であったろう。

何処《どこ》へおもむくのも、この行列を為《な》したわけではなく、九州あたりを経巡《へめぐ》る時は、疋田文五郎ただ一人を連れていたし、越後から羽前、羽後へ旅する時は、雲水の装《なり》になって、ただ一人、旅枕を重ねている。

天子の在《おわ》す京へ上るので、その格式を保ったのである。

もとより将軍義輝が、信綱の上京を知って、すてておくわけがなかった。礼を厚うして、館へ迎えた。

数奇な運命に置かれた人なら、おのずから、ものの表裏に通じて来るだろうし、すべての物の表面には必ず裏側があると判ってみれば、人生を縦横《たてよこ》に把握したことになる。

年齢こそ三十もちがっていたが、将軍義輝と上泉信綱は、人生流離の苦しい味を知っていた。

この二人が、師弟として、剣を通じての情が交ったとすれば、それは滋味深いものであったに相違ない。

義輝は、しばしば、信綱をまねいて、じかに木太刀を把《と》って、業《わざ》の指導を受け、また、語り合って夜を徹することも稀《まれ》ではなかった。

「剣聖夜話」は、こうした夜語りで信綱が回国修業の折おりに出逢った兵法者たちにまつわる逸話を、将軍義輝にきかせ、それを近侍が記しとめておいたものである。

「剣の強さとは、なんであろう?」

義輝が問うと、信綱は、ちょっと沈黙を置いてから、

「これは、まちがって、おきき下さいますと、甚《はなは》だ危険なことと存じますが——」

と、ことわっておいて、次のように、こたえている。

「およそ剣の強さと申すものは、天賦の才にめぐまれた者が、少壮気鋭、天上天下《てんげ》に我が太刀の前に立つ者なし、と自負した時ほど、強いものはないのでございます。こうした心驕《おご》った若者が、負けることを知らずに、斬り込む太刀の劇《はげ》しさは、まこと、面《おもて》を向けようもないほど、おそろしいものと存じます」

「すると、剣は、天賦の才あらば、我流をもって良し、ということになるのであろうか?」

義輝は、反問した。当然の疑問であった。

「左様、我流を以って無敵を誇ることこそ、すなわち、天賦の才の証左と存じます」

「御辺《ごへん》の論旨にしたがえば、師について正しい剣を学ぶということは、意味をなさぬの

ではあるまいか。剣は、ただ、天賦の才があれば、ということになれば――」

「御意」

信綱は、微笑した。

将軍義輝は、いささか苛立《いらだ》った。

「では、わが前に坐っている御仁もまた、我流であろうか?」

「諸国を修業して参りましても、それは、さまざまの我流を見聞して参ったに過ぎませぬ。たとえ我流に我流を、幾流重ねてみたところで、所詮は我流。それがしの真影流も、我流にすぎませせぬ」

「では、お許《こと》は、なんのために、わが師として、前に坐って居るのであろうか?」

「剣の強さについておたずねでありましたので、思うがままに申し上げました。……但《ただ》し、わたくしは、強いばかりの剣を、夜叉《やしゃ》の剣と名づけて居ります。いつの日か、この剣は、必ず一歩を踏みはずして、地獄へ堕《お》ちるでありましょうほどに――。されば、わたくしが、お上にお教えいたして居るのは、剣の弱さとご承知下さいますよう……」

信綱は、よどみなく、言葉を継いだ。

「わたくしが、はじめて、お上に拝謁つかまつりました際、真影流の型を示すように、とのお言葉がございました。お言葉にしたがい、上覧に入れましたところ、世にも美しきもの、とご賞美を頂きました。しかし、優美と申すものは、いわば、柔弱の儀とも解されるのではございますまいか。これは、いずれの我流にもないものでございます。……わたくしは、嘗《かつ》て、剣の工夫をこらして居りました折、一夜心気ぼうぼうといたし、わが身を影の影なるものとおぼえた瞬間、忽然《こつぜん》として、この理《ことわり》に思い至った次第でございます。……言葉ではとうてい表し得ないとは申せ、わたくしは、この理を、真影流の型を通して、ご伝授いたして居る所存でございます。もとより、天賦の才、剣の強さが、五体に満ちて居らぬ御仁には、無益なものとして、教えはいたしませぬ。まず、剣の強さが先であること。天稟《てんぴん》があってこそ、剣は学ぶべきものと存じます。わたくしが、諸流を廃せずして諸流を認めず、と申し居る意味は、斯様《かよう》なものと、お考えねがいとう存じます」

すなわち、無敵と誇る者の剣を、いかに弱くするか——そこに、真影流の理を置く、というわけであった。

このことについて、信綱は、具体的な一例を、義輝に話してきかせた。

それが、次の話である。

上泉伊勢守が、疋田文五郎、神後伊豆を従えて、関東から旅路をひろって、坂本の宿に入った時、琵琶《びわ》湖を渡って来る風は、もう春のものであった。比叡《ひえい》の山容が、うるんで、おぼろであった。

旅籠《はたご》に入ってほどなく、どこかに行っていた疋田文五郎が、あとから現れて、

「このあたりに、足駄の化物が出て、無敵を誇っている由であります」

と、告げた。

「荒法師どもは、比叡山中から、坂本の蕎麦《そば》を食うために、夜半馳せ降りて来る、ときいたことがある。噂は、そこらあたりから生じたものであろう」

疋田文五郎は、師に、足駄の化物の正体をつきとめることを許可してもらうと、出て行った。

諸国武者修業である。売名をきらって、かくれ住む稀代の達人をたずねあてて、その業を視《み》るのも、目的のひとつであった。宿駅毎の噂話にも、耳をかたむけておかねばならぬところを、文五郎は、忠実に実行したのである。

信綱は、文五郎が出て行ったあと、いささか気がかりになって、宿のあるじを呼んで、その噂をたしかめてみた。

この坂本の宿はずれに、蕎麦をあきなう店が、一軒だけ、ぽつんと建って居り、足駄の化物は、時折り、そこに現れる由であった。

化物、と噂されているが、べつに妖怪変化ではなく、人間であった。ただ、容貌体軀が、常人ばなれして居り、加之《しかのみならず》、高下駄を片方の足にだけ、はいているのであった。

その脚が、刀傷を受けて短くなったので、両足の長さをそろえるために、高下駄をはい

ている模様であった。

片足にだけ高下駄をはいて歩くのであったから、その姿は、化物とも見かけられたのである。

疋田文五郎ほどの達人ならば、よもや不覚をとるものとは思えなかったが、これまで、この化物に、八人の兵法者が勝負を挑んで敗れていることをきくと、おのが異形を生かす工夫をして編んだ我流はさだめし凄じい手練であろうゆえ、あるいは文五郎が、対手《あいて》の術に陥る場合もなくはない、といちまつの不安があった。

信綱は、神後伊豆に、訊ねてみた。

「お前が、もし片足が短い時は、どのような工夫をいたすであろう？」

「対手が斬り込んで参れば、身を沈めるよりほかにすべはないと存じます」

「うむ」

信綱は、頷《うなず》いた。

疋田文五郎が真正面から撃ち込む太刀は、文字通り無敵であり、信綱といえども、これを受けとめるのは至難であった。

その凄じい一撃を、はずすためには、片足では、左右あるいは後への変り身は、叶わぬ。

これを躱《かわ》すには、上下よりほかにない。

すなわち、咄嗟《とっさ》に、身を沈める。

撃ち込む太刀は、必ず、その双手《もろて》が水平にのびた空間で、停止するものである。足もとまで斬り下げることは、あり得ない。

兵法者は、剣の素振りを、一日千回もするのであるが、振り下して、双手水平にピタリと止める残心の構えは、一分の狂いもないのである。それでこそ、人が斬れるのであった。

したがって、それを躱すには、身を沈めれば、刀身は頭上に止まる理である。

身を沈めると同時に、対手の足を払う。

尤《もっと》も、これは、邪法である。兵は正を以て合い、奇を以て勝つ、というが、正奇の変化はともに正法であるとしても、はじめから奇法を用うことは、邪法として、兵法者ならば、採らぬところである。

はたして、足駄の化物と称せられているその兵法者は、疋田文五郎の猛然たる一撃を、身を沈めて躱すであろうか。それとも別に工夫があるであろうか。

信綱と神後伊豆は、文五郎の帰って来るのを、待った。

しかし、夕餉《ゆうげ》の膳がはこばれても、文五郎は、部屋へ姿を現さなかった。

「どうしたのでありましょう。それがしが、往《い》って、見て参りましょうか？」

神後伊豆が、信綱に云った時、給仕の小女《こおんな》が、

「もう一人のお客様なら、さっきもどられて、あちらの部屋で、おやすみでございます」

と、告げた。

神後伊豆が、いそいで、その部屋へ行ってみると、文五郎は、夜具を頭までかぶって寐《ね》ていた。

「文五、仕損じたのか?」

「うむ」

「手負うたのか?」

「いや――」

文五郎は、顔をのぞけようとしなかった。

「どうしたのだ? 模様を話せ」

「彼奴《きやつ》――邪剣だ」

文五郎は、それだけしか、こたえなかった。

神後伊豆は、ふと、脱ぎすてられた小袖と袴《はかま》に、目を止めた。小袖の袖が、左右とも截《き》られていた。肩のあたりは、汗のあとがしみついていた。袴は、泥まみれであった。総身流汗して、地面に転倒したことがあきらかであった。

神後伊豆は、そのまま、こちらの部屋へもどって来て、信綱に、その旨をつたえた。

信綱は、なにも云わなかった。

翌朝、文五郎は、信綱の前に出ると、両手をつかえ、

「面目次第もございませぬ」

と、詫びた。

「足駄の化物と立合うたようだな？」

「はい――」

文五郎は、重い口をひらいた。

その宿はずれの蕎麦屋には、年増乍《なが》ら、仇《あだ》めいた女がいた。

「片足駄の兵法者の住処《すみか》を知らぬか？」

文五郎が、たずねると、女は目を伏せて、

「お生命《いのち》を大切になされませ」

と、云った。

「ここに、現れるのであれば、待つ」

「ただ、お待ちなされても、参りはしませぬ」

「どうすれば、現れるのだ？」

「わたしを、手ごめになさいますれば……」

女は、奇怪な言葉を口にした。

「どういうのだ？」

「あの人は、わたしの身を自由にして居ります。わたしは、死ぬほど、あの人をきらって居りますが、逃げ出せば、斬られてしまいます。……貴方様《あなた》が、あの人を斬って下されば、わたしを救うて下さったことになります。是非そうして頂きとう存じますが、これまで、あの人に勝った御仁は居りませぬ」

「では、わしが、そなたを救ってみせよう」

「これまで、おいでなされた兵法者がたも、みな、そう仰言《おつしや》いました。でも、一人のこらず、あの人の刀のえじきにおなりなされました」

「そなたを、手ごめにすれば、必ず現れるのだな？」

「はい、必ず――」

文五郎は、女を抱きかかえると、奥の一間に入った。

裾を捲《まく》って、そこへ、手をふれると、すでに、濡れていた。女は、淫婦であった。

のしかかった文五郎を、はねあげるほど、物狂おしく身もだえして、女は、泣き、呻《うめ》き、叫んだ。

文五郎は、そのさなかに、足駄の化物が出現するであろう、と一瞬の油断なく、気を配っていた。

女は、文五郎が精気を放たずに、離れると、悲鳴に近い叫びをあげて、匍《は》いずり寄ると、文五郎の股間へ顔をうずめ、男形をくわえた。

したたかに、女の口腔内へ、男液を噴かせて、文五郎は、忽《たちま》ち悔いたが、もうおそかった。

女は、身づくろいしてから、茶のしたくをした。

文五郎が、一服喫した時、戸口に、足駄の化物が、すっと、姿を現したのであった。

あとになって気がついたことであったが、女は、囲炉裏《いろり》の粗朶火《そだび》を大きくしたが、その時、煙に色がついたようであった。なにか、薬を混じた模様であった。

かねてから、危急の際には、その合図をせよ、と命じられていたに相違ない。

女は、わざと、身をまかせたあとで、合図したのである。

生来の淫婦である女は、良人《おっと》と果し合いに来た兵法者と狂おしい契りを交したあと、良人を呼び寄せ、宛然《さながら》自分を奪い合うように、男と男が争闘する光景を眺めて、無上の快感をおぼえるのではあるまいか。

精気を女に吸いとられた兵法者は、次つぎと、むなしく、斬られて、相果てたのだ。

戸口に出現した足駄の化物は、まさしく、化物と称《よ》ばれるにふさわしい男であった。頬から頤《あご》にかけて、漆黒の髭《ひげ》が掩《おお》うていたし、はだけた胸にも、くろぐろと生え茂っていた。小袖はつけず、素肌に、獣皮をじかにまとい、行縢《むかばき》をはいていたが、それはひどく長く、裾から、高下駄の歯だけがのぞいていた。

足駄の化物は、文五郎を見据えて、にやりとすると、

「お主、その女は、万人に一人の逸品と知ったか。あの世への土産話にせい」

と、云うと、高笑いした。

文五郎は、そこまで語ってから、急に、口をつぐんでしまった。

敗れたおのれの惨めさを、語りたくはなかったのであろう。

「化物めの邪剣ぶりは、ご自分でお試し下さいますよう――」

そう云うと、文五郎は、脇差を抜いて、頭髪のもとどりを切った。爾後《じご》、文五郎は、生涯坊主頭で通した。

上泉信綱は、朝餉を摂《と》りおわると、文五郎を宿にのこして、神後伊豆をつれて、おもてへ出た。

信綱は、きわめて、要心ぶかい人格であった。鎖帷子《くさりかたびら》をきこみ、草鞋《わらじ》を換えて、蛇皮の緒のついたのをはいた。

文五郎は、土間に降りて見送ったが、師がおもてへ出ると、大声で一言、

「まばたきをせぬ男でござる」

と、告げた。

瞬目《まばたき》をしない修業は、兵法を学ぶ者にとって欠かせぬひとつであった。

達人ともなると、人が、ひとまばたきをする間に、白刃を鞘走らせざま撃つ。

蛇のごとき、鋭い目つき、という。

蛇の目には、目蓋がないのである。まばたきすることがない。これが、蛇の無気味さをつよめているといえる。

まばたきしない兵法者の、敵を正視する眼光は、蛇よりもおそろしい無気味さをたたえている。

「よほど、執念のある者のようだ」

歩き乍ら、信綱は、云った。

――弟子に加えられて、剣ひと筋に、執念させるお考えであろうか。

神後伊豆は、師の心の読める沈着な男であった。

「伊豆は、女のおそろしさを、あじわったことがあるか？」

信綱は、訊ねた。

「いえ、まだ――」

「わしは、十六歳の時、十年空閨《くうけい》を守っていた生母を、犯した」

「…………」

神後伊豆は、息をのんだ。

「もののはずみであった。湯殿に、わしが入っていることを知らずに、母が入って参った。薄暗い、湯気のこもった中で、裸身をふれ合わせているうちに、わしは、突如として、けだものに堕ちた。母は、烈しく拒んだ。わしは、狂気のごとく、母のくびを締め、なかば失神させて、犯した。……あとで、わしは、切腹を思うほど、悔いた。それだけで、おわっていれば、わしは、生涯悔いつづけて、生きたであろう。それから三日後の夜、母は、不意に、わしの臥牀《ふしど》に入って参ったのだ。一度犯された母は、母ではなく、女に変ってしまっていた。……わしは、女のおそろしさを、思い知らされた」

神後伊豆は、信綱の門に入って、恰度《ちょうど》十年になっていたが、いまだ一度として、信綱が女を近づけるのを見ていなかった。

神後伊豆も疋田文五郎も、旅の折おりに、女を買っていたが、信綱は、決して、女体をもとめなかったのである。

その理由が、伊豆には、いまはっきりとわかった。

宿はずれの蕎麦店は、女ずまいだけあって、想像していたよりずっと小ぎれいであった。

女は三十にあといくばくもなさそうな年増であったが、眉目もくびすじも胸も腰つきも、すべて華やいだ色香をたたえて居り、むっちりと盛った肉《しし》つきは、その肌理《きめ》こまやかな白い皮膚の下で、いかにも、男なしですごせぬ熱い血を燃やしているようであった。

その言葉には、西国訛《なまり》があった。

女は、信綱が、これまで現れた兵法者とは全く異った人物であるのをみとめると、土間に膝を折った。

信綱の風格は、海内《かいだい》随一の称があったのである。

「昨日、参ったのは、身共の弟子であるが、あいにく、金子を所持させるのを忘れていて申しわけなかった」

信綱は、座に就くと、かなりの黄金を、とり出して、前へ置いた。

斬り殺された兵法者の懐中から、その所持金を奪うのも、なりわいのひとつに相違なかった。

女は、恐れ入って、辞退した。

すると、信綱は、微笑し乍ら、

「そなたの身の上話を、買わせてもらおう」

と、云った。

女は、肥後八代《やつしろ》の者であった。十六歳で、無頼の牢人者に手ごめにされ、その家でくらすようになったが、その牢人者は、仲間うちの喧嘩で殺され、殺した男がすぐに、その家に入り込んで来た。

牢人仲間の喧嘩であったが、そこは、黙認された作法があり、勝った方が、その持物すべてをわがものにすることを許されていた。女もまた持物のうちであった。

第二の男もまた、別の牢人者に狙われて、斬られた。そして、第三の勝利者が、女をわがものにした。

女は、刀や槍や金と同様、自分の意志は無視されたまま、男の手から手へ渡された。一種の賭物にされたのである。

幾人かの男が、女の面前で、血飛沫《ちしぶき》をあげ絶叫をあげて、仆《たお》れた。

ある日――。

川岸を通っていると、川獺《かわうそ》のように、もぐったりはねあがったりしている男が、目にとまった。

女は、しばらく、その逞《たくま》しい裸軀の素早い泳ぎぶりに、見とれていた。

ひょいと、首をあげた男の貌《かお》は、まだ若かった。女よりも二つか三つ下のようであった。その双眸《そうぼう》は、まばたきをしなかった。

女は、視線をそらすことができずに、瞶《みつ》めかえしていた。

若者は、突如として、水中から躍り立つと岸へはねあがり、立ちすくむ女をひっかかえて、また水中へとび込んだ。

女は、水中で犯された。

次の日、若者は、女の家へ現れて、幾番目かの女の良人の前へ、白紙へいくばくかの黄金をのせて、さし出し、勝負を挑んだ。

結果は、あっけなかった。

若者は、右脇下へ刀を抱くようにして、対峙するやいなや、斜横に滑走しざま、相手の胴を薙《な》いで、片づけてしまった。

女は、三つ年下の野生の若者のものになった。

それから半年間のうちに、三人の牢人者が女を奪おうと、果し合いを挑んで来たが、いずれも、若者の凄じい迅業《はやわざ》の敵ではなかった。

八代の佐《すけ》、と呼ばれる若者の名は、近隣にひろまった。

しかし、女は、やがて、この毛深い、色黒な若者が、うとましくなって来た。八代の佐は、閨房に於て、女を愛撫することを知らなかったからである。自分だけで、さっさと欲情を処理してしまうと、女が燃えていようが、いさいかまわず、突きはなして、睡《ねむ》ってしまったのである。

女は、女体をたっぷり濡らしてくれる色事巧者の牢人者と、密通するようになった。

そして、八代の佐を、共謀して、殺す計画をたてた。

もとより、その牢人者も、まともに襲っては、とうてい、八代の佐を斬れなかった。

女は、佐が入浴中に、牢人者に襲わせる手筈をきめた。

釜風呂であるから、足駄をはいて入るならわしであった。

佐が、首までつかっているところを、牢人者は槍で、襲った。

佐は、耳朶《じだ》を貫かれたが、湯をあびせざま対手がひるんだすきに、とび出した。入浴中でも、近くに刀を置く要心さはあった。しかし、その刀は、女に奪い去られてしまっていた。

襲撃者の突きは、急であった。

佐は、ひっぱずしひっぱずし、おもてへ遁《のが》れ出ようとした。しかし、片方の足駄だけはぬいだが、もうひとつの足駄が、ぬれた鼻緒が足に食い込んで、ぬげなかったので、左右の平衡が崩れ、がくんがくんと上半身が醜く傾いて、動きの自由をうしなった。

ついに、佐は、足駄をはいた方の左脚を——膝上のところへぐさと穂先を突き刺された。

のけぞりつつ、無我夢中で、槍の柄を摑《つか》んだ佐は、偶然、手にふれた水桶を摑んで、敵へ投げつけた。

まともに顔面へたたきつけられた牢人者がよろめく隙に、佐は、穂先を腿《もも》から抜きとりざま、旋回させて、それを、敵の胸いたへ、貫き通したのであった。

「その時、佐の様子は、如何《いかが》であった?」

信綱が、女に訊ねた。

「はい。佐は、左腿から血汐を流し乍ら、手当をするのも忘れて、まばたきしない目で、天の一角をにらんで居りました」

「その時、極意を会得したとみえる」

信綱は、神後伊豆をかえりみて、云った。

「極意と申すものは、瞬間にして、短所を長所にかえた時に、会得する。……佐は、それ以来、片時も、左足から足駄をぬがぬであろう？」

「はい」

女は、うなずいた。

佐は、左腿の槍傷を手当する時も、足駄をはいたままであった。それ以来、高下駄に左足をのせて、極度に、上半身を大きく傾ける、なんともみにくい跛をすこしもいとわなかった。おそるべき執念といえた。佐は、女を抱く時ですら、左足から、高下駄をぬがなかった。しかし、女にとっては、佐の性格が異常であったのが、さいわいした。裏切った自分を佐は、すこしも咎《とが》めず、斬ろうとはしなかったからである。

佐が、「京へ上って、剣を学ぶ」と云い出したのは、去年の春であった。

女は、従わざるを得なかった。

「わたしは、こうして、蕎麦をあきなって居り、佐は、山にこもって、どんな修業をして居りますことやら……、わたしを手ごめにしようとする男が、現れると、風のように、馳せもどって参ります」

信綱は、合点すると、

「では、そろそろ、色つきの煙をたちのぼらせて、佐を呼びもどすがよかろう」

と、云った。

女は、怯《おび》えて、信綱を見かえしたが、その顔に微笑があるのに、ほっとして、肩を落した。

戸口に出現した八代の佐は、疋田文五郎の告げた通りの異様な風体であった。

髭だらけの顔面から、まばたきせぬ眼眸《まなざし》が蛇のように、凝《じ》っと、信綱と神後伊豆を瞶めた。

信綱は、その正座の姿に、犯すべからざる威風を示して、云った。

「余は、上泉伊勢守信綱である。年齢二十二歳にして上州大胡城の主たりし身が、剣を志して三十余年。諸流の奥源をきわめ、奇妙を抽出して、真影流と号す。余、諸流を廃せずして諸流を認めず。日々摩利支天《まりしてん》の秘法を勤修《ごんじゅ》して、尊天の感応を蒙り、忽然として自己の胸襟に流出するものなり。いま、その方の剣を察するに、天性の太刀筋とみとめるがゆえに余の門下たる栄誉を与えんと思う。ここに同伴した神後伊豆は、余の高弟である。余の面前にての立合を許そうぞ」

足駄の化物は、この言葉に対して、一言も返さなかった。八代の佐としては、はじめての尋常の試合であったろう。

神後伊豆は、ゆるゆると身仕度をした。まず、袴の紐をたしかめ、股立《ももだ》ちをとり、筋金入りの鉢巻をしてから、手桶の水を口にふくんで、刀の柄《つか》に霧を吹きかけ、さらに、草鞋の緒を、水でしめらせた。それから、日輪に向って、摩利支天を拝むように合掌した。

八代の佐は、二間を置いて突っ立ったなり、神後伊豆の振舞いを、黙々と、眺めただけである。神後伊豆が、対峙して一礼するや、佐は、やや前かがみになって、三尺の長剣を右脇下へかかえ込むようにして、左手を柄にかけて身構えた。

伊豆は、抜刀すると、刀身を肩にかつぐように、受身の構えをえらんだ。

佐は、対峙の時間を置かなかった。

いきなり、高下駄を高く鳴らして跳躍するや、右脇下から、左上へ、摺《す》りあげの迅業を放った。

これに対して、伊豆は、跳び退《すさ》りざまに、佐の左手へ立った。これは、佐にとって、意外な伊豆の受身であった。

対手が、左腕をもって抜きつけに、左上へ斬り上げてくれれば、当然、受ける者は、その右側へまわり込むべきであった。そして、延びきった小手をねらうのが常法であるべきであった。

それを、殊更、対手の太刀の切先の方向に、退ったのでは、反撃ができないのみか、自らの身を、対手の第二撃にさらすことになる。

佐は、一瞬、とまどいの表情になったが、次の刹那、第一撃よりもさらに凄じい、摺りあげの猛襲をあびせた。

伊豆は、紙一重で、跳び退った。またもや佐に対して左側に地歩を占めた。

間髪を置かず、佐は、第三撃を放った。

一瞬――。

佐の残心の構えが、大きく崩れた。

高下駄が、歯が折れて、左足からつるっと脱げたのである。

とたんに、伊豆に代って、佐の正面に、信綱が、青眼に構えて立った。

「佐――。足駄をぬいだその身で、どう斬って来るぞ？　その方の左脚はすでに健全である。にも拘《かかわ》らず、足駄をはいて、殊更に足の寸を伸し、その跳躍に、敵の意表を衝《つ》いて、これまでは、勝って来た。だが、足駄をぬいだいまは、なんとする？　正法を忘れた邪法を以て、この青眼に勝てるか！」

じりっと詰める信綱に対して、佐は、思わず、じりっと退った。

信綱は、語り了《おわ》ってから、将軍義輝に、次のようにつけ加えた。

「この男、いまは、わたくしの門下にあって正法の修業を重ね、真影流の打太刀をつとめさせて居ります。丸目蔵人《まるめくらんど》と名のり、我流の足駄兵法の頃にくらべて、ようやく、剣も弱くなったように存じられます」

梅《うめ》一《いっ》枝《し》

一

天保十一年末、小諸《こもろ》藩士高倉信右衛門のところへ、飯田から、一人の幼児が、もらわれて来た。これは、藩主牧野遠江守康哉《とおとうみのかみやすとも》の命令であった。信右衛門には、すでに二子があったのである。

幼児は、源吾といい、飯田藩士山口団二郎の孫にあたった。その母は、藤子といい、十日ばかり前に、飯田藩主の命によって、打首になっていた。その父の名は、明らかにされていなかった。母藤子は、結婚していなかったからである。

源吾の出生は、まことに、数奇といえた。

すなわち、母藤子が、打首の刑を宣告されてから、阿波《あわ》藩の士と契《ちぎ》って、懐妊し、処刑を一月後にひかえて、生んだ子だったのである。

これには、仔細《しさい》があった。

飯田侯の妾《しょう》に、豊浦という美女がいた。卑賤《ひせん》の出であったが、非常な才女で、妾となるや、たちまち、飯田侯をとりこにしてしまった。

いつの間にか、国政にまで口をさしはさむようになった豊浦を、藩士たちは、悪《にく》んだが、誰一人、諫言《かんげん》する者はなかった。

やがて、国許《くにもと》にも、この事実が明白になると、城代家老の安富主計《かずえ》は、ついに、決意して、出府して来た。

豊浦は、安富主計が出府して来た目的を見ぬくと、先手をうって、主計歓迎の歌一首を賦《ふ》して、

「これを、主計殿にお贈り下さいますよう――」

と、侯に手渡した。

主計は、主君から、それを受けとったが、視《み》ようともせず、懐中に入れた。やがて、

「風邪の気味なれば、御前をはばかりませず、御免――」

と、ことわって、主君に背中を向けると、懐紙をとり出して、洟《はな》をかんだ。

その懐紙には、豊浦の贈った色紙が重ねてあり、主計は、わざと、主君に見えるようにして、洟をかんだのである。

藩主の顔色は、蒼白《そうはく》に変った。

主計は、向きなおると、両手をつかえ、

「殿！　この皺首《しわくび》ひとつ、刎《は》ねられる度胸がおありめさるか？」

呟《つぶや》くように云った。

千言を費すよりも、主計のえらんだ手段は、効果があった。

藩主は、豊浦をしりぞける約束をせざるを得なかった。

しかし、それから二年後、主計が、国許で、中風で倒れたときいた飯田侯は、豊浦を若山と改名させて、また邸内に入れた。

若山は、はじめのうちは、すこぶる謹慎であったが、侯の寵愛《ちょうあい》が以前に増してふかいという自信をもつや、やがて、官事のことまで、侯の代書を引受けるようになった。

半年もすぎないうちに、威権は往日に倍した。

侯は、夫人を下屋敷に移して、毎夜、若山の部屋ですごすようになった。

定府山口団二郎の女《むすめ》藤子は、若山が、しりぞけられて、下屋敷にいた頃、奥女中となって上り、書と和歌を学んだことがあった。いわば、師弟の関係にあった。

某日、父団二郎に呼ばれて、

「国のため、若山殿を刺せ」

と、命じられるや、しばらく、俯向《うつむ》いて、沈思していたが、

「かしこまりました」

と、こたえた。

常とかわらぬ様子で、三日間をわが家ですごしてから、再び願い出て、長局《ながつぼね》に奉公

に上った。

その日、藤子は、若山から授けられた法書十余帳を持って、その部屋に伺候すると、つつましく、

「わたくしは、ひさしく、お部屋さまの恩眷《おんけん》を蒙《こうむ》りましたけれど、資性つたなく、とても成就することはおぼつかなく存じまする。お部屋さまを師として仰ぎますのは、おん名を辱《はずか》しめることに相成るかと存じますれば、何卒《なにとぞ》門籍からお除き下さいまするよう、お願い申し上げまする」

と、平伏した。

若山は、その遠慮はあまりに窮屈すぎる、となだめたが、藤子が、ひたすらに乞《こ》うので、ついに許した。

門籍を脱した藤子は、若山を討ちとる機会をうかがった。某日、若山が風邪で臥《ふ》せているのを知った藤子は、今日こそ、と決意して、盛装の下に白衣を重ねると、匕首《ひしゅ》を懐中にして、その部屋をおとずれた。

若山が、用向きを訊《たず》ねると、藤子は、俯向いたままで、ひくく、

「国のため、お部屋様のおん生命《いのち》を、申し受けまする」

と、云った。

驚愕《きょうがく》して、掛具をはねて起き上った若山が、悲鳴をあげてお付きを呼ぼうとするよ

り早く、藤子は、

「南無！」

と、となえざま、躍りかかって、匕首を、その胸に突き刺していた。


若山は、文字通り、死にもの狂いで、藤子を蹴《け》とばしておいて、廊下まで、ころび出ると、救いをもとめた。

追った藤子は、その背中へ、第二撃をくれた。

そして、どっと馳《は》せつけて来た女中たちに、

「乱心ではありませぬぞ！」

と、云いおいて、若山を仰向かせると、咽喉《のど》へ、とどめを刺した。

藩士たちが、変をきいて、走り入って来た時には、藤子は、おのが部屋で、白無垢《しろむく》姿になり、念珠を持って、瞑目《めいもく》していた。

藩邸としては、この異変を外にもらしてはならなかった。藤子を吟味する必要はなかったので、その夜のうちに、飯田へ向けて、その身柄を輿送《よそう》した。

藩主の夫人は、藤子の忠烈に感動して、早飛脚をもって、国許の安富主計に、藤子の生命を救う手段はあるまいか、とうったえた。

主計は、その手紙を一読するや、即座に、肚《はら》をきめて、たまたま、藩主と姻戚《いんせき》にあたる阿波侯の使者として来飯していた阿波藩士の多田草司をひそかにまねくと、

「国境に趨《はし》って、藤子の駕籠《かご》をはばんで、奪って頂けまいか」

と、たのんだ。

多田草司は、かくまう場所を問うた。

「それは、お許《こと》におまかせする。藤子を懐妊させるまで、世話して頂けまいか。……子を生んだあかつきに、処刑いたそう」

この依頼は、実行された。

一年後に、藩侯が帰国するや、主計は、逃亡していた藤子を、さがし出して捕えた、と報告した。主計は、一年も経《た》てば、主君の心も、やわらぐであろう、と考えていたのである。

しかし、侯は、直ちに、藤子を処刑するように、下命した。

主計は、それでもまだ、のぞみをすてずに、乳のみ児を抱いた藤子を、主君の面前に据えてみた。

藩主の心は、動かなかった。

ついに、やむなく、藤子を刑場に送ることになったが、誰に、討ち手を命じても、みな辞して、引受けなかった。籤《くじ》で定《き》めようとしているところへ、多田草司が現れて、

「それがしが、討ちましょう」

と、申し出た。

藤子は、討ち手が、子の父である草司とは知らされずに、刑場へ据えられた。草司が、背後に立った時、はじめて、知った藤子は、しかし、ただほのかな微笑を泛《うか》べただけであった。

検使が、巾《きれ》をさし出して、目かくしをするようにすすめたが、藤子は、かぶりをふって、かわりに櫛《くし》を所望した。そして、それで、うなじにみだれた髪を梳《くしけず》り、衣襟《いきん》を寛《ゆるやか》にして、合掌した。

多田草司は、その首を、のど皮一枚のこして、抱き首に、丁と打ち落しておいて、しずかな足どりで、刑場を去り、そのまま、阿波へ帰国して行った。

……山口源吾は、このような数奇の生れであった。

二

源吾は、養父母の温厚な人柄のもとに、平和に育った。べつだん、文武にぬきん出た天賦もあるとは思われず、ひかえめな気質とみえた。いわば、至極平凡な少年らしかった。

源吾が元服した年、養家に、一挙に不幸がおそって来た。

江戸で流行《はや》っている疫病《えやみ》が、小諸藩にも移って来て、その年、三十名を越える人々が逝《い》ったが、その中に、源吾の養母も義兄たちも含まれた。そして、養父信右衛門も、牀《とこ》に臥《ふ》した。ふしぎに、源吾一人だけが、瘟鬼《おんき》から見のがされた。

藩主牧野遠江守は、大阪から高名な蘭医を招いて、疫病をくいとめようとした。蘭医がまず診たのが、高熱をつづける信右衛門であった。

蘭医は、持参した薬を、試みることにして、源吾にむかい、

「この薬は、南方の蕃族《ばんぞく》が用いているもので、非常に強烈であるため、試みるのは、危険を覚悟いたさねば相成らぬ。本邦においては、はじめて、お父上に試みるので、それがし自身も、用いる分量の程が、ようわかって居り申さぬ。蕃族の体質は、野性の強靭《きょうじん》と存ずるので、お父上には、その半分の量では如何《いかが》かと考えるが、半分でも、なお不安はまぬがれぬ」

と、告げた。

源吾は、黙って、すずやかな眼眸《がんぼう》を蘭医にあてていたが、

「拝見いたします」

と、云った。

さし出された白い粉末を、じっと見ていたが、いきなり、それを、口に入れて、のみ下した。蘭医が、とめる間もないすばやさであった。

半刻《はんとき》も過ぎないうちに、源吾は、眩暈《めまい》におそわれ、正坐《せいざ》していることが、かなわなく

なると、いざって、床柱に凭《よ》りかかり、結跏趺坐《けっかふざ》の姿勢をとった。そして、そのまま、昏睡状態《こんすい》に陥《お》ちた。

翌朝、意識をとりもどした源吾は、蘭医にむかい、

「十五歳の、健康なわたくしが、このように昏睡いたすのでありますれば、父に用いるのは、さらに、その半分の量がよろしいかと存じます」

と、云った。

分量の実験によって、その蘭薬は、養父信右衛門はじめ、多くの患者の生命を救うことになった。

藩主は、源吾を呼び寄せて、おのが差料を手ずから渡して、

「そばで仕えぬか」

と、すすめた。

源吾は、小姓に上るかわりに、三年ばかり、おいとまを賜りたいと願った。

「何を目的とする?」

と問われると、ひくく、「一芸を身につけたく存じます」と、こたえた。

藩主は、その一芸が何であるか、わざと問わずに、乞《い》いを容れた。

国を出た源吾は、それきり、杳《よう》として消息を絶った。

いつとなく、源吾は再び還《かえ》らぬものと、みなはきめてしまった。

藩主も、養父信右衛門を呼んで、

「どうであろうな?」

と、訊ねた。

信右衛門は、主君までも疑うとは心外だという面持になって、

「源吾は、三年過ぎますれば、必ず還って参ります」

と、こたえた。

「左様か。これは、わしがわるかった」

藩主は、笑って、あやまった。

牧野遠江守康哉は、名君であった。天然痘《てんねんとう》の害の甚大《じんだい》さを憂《うれ》えて、たまたま、種痘の法が泰西から伝わって来ると、すぐに侍医を江戸に遣わして、その術を学ばせた。侍医は、帰国して、これを封内に施そうとしたが、人々は未《いま》だ牛痘を信じなかった。遠江守は、そこで、まず、自分の嗣子《しし》に試種した。はたして効があったので、士民に諭して、ひろく、その法を行った。おかげで、十年経たないうちに、人口は三万に増した。このように、遠江守は、実行力のある人物であった。

その遺徳碑にも、

「康哉、人となり、明敏にして廉直《れんちょく》、学を好みて倦《う》まず、苟《いやしく》も異書を蔵する者あれば、

百方力索し、必ず得て、その副を録《す》せり。かつて論語を手写し、懐中に置き、以《もっ》て政理に資す。また、博《ひろ》く武技を綜べ、砲術を善くす。江川英竜《ひでたつ》という者、砲術を以てきこゆ。一日来《きた》り謁《えつ》す。乃《すなわ》ち、之《これ》と技を試む。康哉、百発にして九十七中。英竜駭服《がいふく》せり。平居自ら奉ずる、真に薄く、絶えて金玉器玩《きがん》の好《このみ》なし。而して、学政を振い、水利を通じ、農桑を勧むる等、一切の善政、挙行せざるなし」

と、ある。

……三年後、源吾は、養父の信じた通りに、飄然《ひょうぜん》として、帰国した。三年前に家を出たのと同月同日の同時刻に、わが家の門をくぐった。

べつだん、どこにも変ったところは見られなかった。昨日出て、今日戻ったような、なにげない態度で、養父に挨拶《あいさつ》したが、何処《どこ》で何を修業していたかは報告しようとせず、信右衛門もまた、訊《ただ》そうとはしなかった。

源吾が、三年間修業していたものが何であったか、明らかになったのは、それから、半年後であった。

水戸浪士で、神道無念流を使う庄司嘉兵衛という者が、たまたま、小諸藩の師範役に招かれてやって来た。

庄司嘉兵衛は、斎藤弥九郎の門下で、水戸弘道館の筆頭であったが、ある時、酒乱の博徒にからまれて、これを斬《き》りすてた罪を問われ、致仕した剣客であった。

当時、剣道は、流儀がさらに流儀を生んで、五百流を算する多さであったが、その殆《ほとん》どは実用に疎《うと》い華法であった。

直心影流《じきしんかげ》、北辰《ほくしん》一刀流、神道無念流、心形刀流《しんぎょうとう》など、ほんの数流が、真剣勝負に役立った。なかでも、水戸弘道館における神道無念流は、尊王攘夷《じょうい》に傾いた藩の輿論を反映して、幕閣の佞奸《ねいかん》を血祭りにあげ、夷狄《いてき》を追い払うための実戦を主旨としたため、その稽古《けいこ》は凄《すさま》じかった。

庄司嘉兵衛は、その太刀先の鋭さによって、弘道館でも、立会う者が尠《すくな》かった、といわれていた。

小諸藩の師範役は、嘉兵衛とは、江戸の斎藤道場にあって、親しい交りをしていたので、致仕したのをきいて、招いたのであった。

はたして——。

道場の高弟が、三人一斉に撃ちかかったが、瞬間にして、床板へ匐《は》わされてしまった。

上座に、おもてを包んだ人物が、これを見物していた。実は、お忍びの藩主遠江守であった。門弟たちは、すでに、主君であることに気づいていたが、知らぬふりをしていた。御前試合となれば、惨《みじ》めな敗北を喫すると、その恥辱の責をとらねばならなかったからである。

遠江守は、庄司嘉兵衛が、門弟たちを、つぎつぎと、小児のごとくあしらうのを視《み》た

のち、師範役を目顔で呼んで、

「源吾を出してみよ」

と、命じた。

師範役は、不審の眼眸を、末座にいる源吾へ向けた。源吾の太刀筋を、いまだみとめていなかったからである。

源吾は、その面差や躰《からだ》つきが優しかったためもあろうが、道場において、対手《あいて》に立合う闘志を起させぬ弱々しい気配を示していた。つまり、高弟たちからは、全く無視された存在であった。自分の方から、一手願い出ることはなかったし、いつも、未熟な門弟たちと稽古していたが、その様子は、いかにも、気力乏しいものに見えたのである。

「お主、三年間も雲がくれして、いったい、なんの修業をして居ったのだ？」

露骨な軽侮の視線をそそがれても、源吾は、べつに、その稽古ぶりを変えようともしなかったのである。

師範役は、藩主が、なぜ、柔弱な源吾を、稀代《きたい》の使い手に立ち向わせようとするのか、合点がいかないままに、源吾へ、声をかけた。

三

それから、いくばくかの後、場内には、異常に緊迫した静寂がこもった。

遠江守の下命によって、下座から立った源吾は、身に、革胴さえもつけず、刃挽《はび》きの剣を把《と》って、中央へ進み出て来たので、庄司嘉兵衛も、面小手をすてて、竹刀《しない》を刃挽きの剣に換えて、向い立ったのである。

そして、一礼して、間合をとるや、嘉兵衛の青眼に対して、源吾は、ふしぎな構えをしめした。

右相斜めに、左肩を、敵の正面に出し、右手で握った剣を、胸に近よせて、やや斜め上へ横たえるや、切っ先ちかくの峰へ、左手をあてたのである。すなわち、敵の目には、左肩から、わずかに切っ先をのぞかせておいて、その刀身の大半をかくしたのである。

後日、遠江守から、

「三絃の構え、とでも名づけるがよかろう」

と、云われて、

「実は、さる正月、江戸にて、門付《かどづけ》の姿を見ているうちに、ふと、思いつきたる構えでありますれば、まさしく、三絃の構えに相違ございませぬ」

と、こたえたことであった。

このような構えは、いまだ曾《かつ》て、どの流派の法形にも組み入れられたことがないのは勿論《もちろん》であった。

左半身は、ことごとく敵の剣へ露呈してしまっているのであった。

居並ぶ人々はもとより、青眼にとった庄司嘉兵衛自身も、一瞬、啞然《あぜん》としたものであった。二十歳にも満たぬ若者に、愚弄《ぐろう》されている憤《いきどお》りさえおぼえて、一撃のもとに、床板へ匐わせてくれようと、上段にふりかぶった——刹那《せつな》。

「………」

嘉兵衛は、かっと、双眸《そうぼう》をひきむいたまま、おのが剣気を、嚥《の》んだのである。

源吾の隠し剣が、わずかに、動いて、左肩から、切っ先を、二寸あまりすっと出したのであったが、それだけの動きが、いかにおそるべき魔力をしめしているか、一流の業を持つ嘉兵衛の目には、あまりにも明白であった。切っ先は、猛毒をもった蛇にも似て、咽喉《のど》を狙《ねら》っていたのである。すなわち、異形の構えは、石火の突きを為《な》すためのものであった。

上段からの正面斬りに対する、石火の突きは、間髪の差で、勝敗を決する。その迅《はや》さに、源吾は、おそるべき自信を持っていたのである。

嘉兵衛の上段構えは、それなり、固着してしまった。

嘉兵衛が斬り下さぬ限り、仕太刀の源吾は、微動もせぬ。

師範役は、嘉兵衛の面上から、全く血の色が引くのを看て、

「それまで！」

と、声をかけざるを得なかった。

嘉兵衛の双眸から、すでに闘志の色が失《う》せていた。源吾の左肩からのぞいた切っ先を、睨《にら》んでいるうちに、眩《くら》んだのである。

しかし――。

大半の人々にとって、一合すらも刃と刃の嚙《か》み合わぬ試合は、甚だ不満なものに思われた。

庄司嘉兵衛ともあろう使い手が、その奇怪な構えに対して、何故《なにゆえ》に、立往生したのか、納得し難かった。

師範役に分けられて、嘉兵衛が、思わず、まなこをとざして、太刀をおろすのと、源吾が、しずかに一歩退いて、刀身を下げるのと、両者の様子のあきらかな差異によって、前者が敗れていることは疑う余地もなかったが……どうして、その隠し剣が、そのようにおそるべき威力をもっていたのか、人々には、合点がいかなかった。

嘉兵衛は、後刻、師範役にむかって、

「彼《か》の若者が、あの突きを工夫して、おのがものとするには、三年の月日は要したと思

われる」

と、云いのこした。

師範役は、その後、いくたびも、源吾に、その構えを所望したが、源吾は、

「剣道の理《ことわり》から申せば、邪剣でありますれば、主君の上意でも頂かぬ限りは、用いるわけに参りませぬ」

と、こたえて、再び示そうとはしなかった。

師範役は、その言葉の蔭《かげ》にかくされた意味を読んで、小面憎《こづらにく》し、と思った。すなわち、武器が、たとえ竹刀であれ、木太刀であれ、そのひと突きはあまりに凄じいから、咽喉を突かれた者の生命の保障ができぬ、という意味だったのである。

四

二十歳になった春、源吾は、再び藩主に乞うて、飄然と、国を出た。しかし、このたびは、信濃の各地を漫遊することをあきらかにした。といって、決して兵法の修業などという、いかつい旅ではなかった。

時おり、ふと、源吾は、名状し難い無常感に襲われることがあった。すると、たまらなく、孤独になりたくなるのであった。その無常感は、読書や武技の稽古で、追い払え

なかったし、また、ふしぎにも、源吾は、美しい女性に対する本能を、意識に上らせなかったのである。見知らぬ土地で、見知らぬ人々の中に、おのれを置くことで、孤独な心が、おちつくように思われるのであった。

事実、千曲《ちくま》川沿いに、北に向って歩きはじめた源吾は、暗い無常感から、解放されていた。

殷賑《いんしん》をきわめた上田城下は、いそぎ足で通り過ぎ、秋和、上野尻の聚落《しゅうらく》をこえて、山野が昏《く》れなずむ頃、鼠宿《ねずみじゅく》に着いた。

千曲川に沿うたさびれた宿駅のひとつである。ここから、小県郡《ちいさがたごおり》がきれて、更級郡《さらしな》に入る。

寛永の頃からある古びた旅籠《はたご》に入った源吾は、縁側に出て、月の冴《さ》えた空に、幻影のように流れる浅間山の煙を、あかずに眺めていると、背後を通って、女連れの若い武家が、隣室に入った。

べつに、視線をくれはしなかったが、その様子が尋常でないのをさとった。対手の方も、こちらを気にして、鋭く視たようであった。

源吾が、睡《ねむ》りに入るまで、隣室からは、話し声さえも、きこえなかった。

……ふっと、源吾の目蓋《まぶた》をひらかせたのは、この旅籠をとりかこんだ、ただならぬ気配であった。めざめた源吾は、咄嗟《とっさ》に、自分にむかって、殺気が、一斉に、集中して来るような緊張をおぼえた。

冴えた神経が、この予感を起した。

——異変が起る！

すでに、夜明けになり、障子は、仄白《ほのじろ》く浮きあがっていた。

不意に、隣室との仕切襖《ぶすま》が、一寸あまり開かれた。

「率爾乍《そつじなが》ら、お手前様を、信義の御仁とお見受けいたし、非常の歎願《たんがん》をつかまつる」

切迫した態度は、外をひしひしとかためた殺気の陣が、この若い武士を討つためであることを、明らかにした。

源吾は、起き上って、端坐した。

「それがしにて叶《かな》う儀ならば、おひき受けいたす」

「忝《かたじ》けない！」

武士は、頭を下げてから、自分は甲府勤番の直参《じきさん》田所主水《もんど》という者であるが、亡父が、奥祐筆《おくゆうひつ》を免じられ甲府勝手を命じられたのは、無実の罪によるものであることが、のこされた日誌によって判明したので、決意して、ひそかに、出府し、亡父をおとし入れた奥祐筆と御作事奉行を斬り、うらみをはらした。しかし、もとより、その名分を公《おおやけ》にしての復讐《ふくしゆう》ではないので、追われて、ここまでのがれて来て、ついに、追手に包囲されてしまった。

「お願いと申すのは、それがしは、姉を連れて居り申す。姉をかばって、この場を脱出することは、到底あい叶わず、お手前様に、姉をお預り頂ければ、と存じ……非礼かえりみず、歎願つかまつる次第でござる」

源吾は、これに対して、ほんのしばしの沈黙を置いた。

もう、その時には、包囲陣は、音たてて、屋内へ、庭へ、ふみ込んで来ていた。

「おひき受けいたそう」

源吾は、しずかに、こたえた。

「左様か！　御恩の程、生涯忘却つかまつらぬ」

田所主水は、ふりかえって、

「姉上、こちらへ――」

と、促した。

姉は、入るのをためらっている様子であった。

「猶予《ゆうよ》はなりませぬぞ、姉上！」

主水は、立って行くと、姉をひきずるようにして、つれて来て、

「お願いいたす」

と、重ねて頭を下げるや、襖をしめた。

数名の武士が、廊下を、油断ない足どりで進んで来たのは、それから、ものの数秒も

経っていなかった。

咄嗟に、源吾は、姉なる女性をひき寄せるや、さっと、褥《しとね》の中へ、引き入れた。

廊下では、

「田所主水！　出い！」

鋭い声がかけられた。

「それがしは、ここに居る。にげかくれはせぬ」

おちつきはらった主水の声が、こたえた。

「庭へ出い！」

「もとよりのこと――」

追手たちが、一斉に、三十坪あまりの庭へ降りて、陣形をとり、それにむかって、主水の進み出る様子を、源吾は、じっと、全神経ではかった。

「姉はどうした？」

「連れて居らぬ」

「どこへ、かくした？」

「女を斬って、なんの栄誉になる」

「黙れ！　姉の短剣も、御奉行の胸を刺して居るぞ！　許せぬ！」

そんな問答をきき乍ら、源吾は、自分の双腕《もろうで》の中で、女の胸が早鐘のように鳴っているのを感じた。

この異常に緊迫した空気の中で、源吾は、生れてはじめて、若い女のからだを抱いているおのれに、なぜか、宿命的なものを、おぼえた。ずっと以前から、自分に、こういう夜が来るような予感があったような気さえした。

庭上では――。

鋭い、短い、気合のこもった懸声が迸《ほとばし》るとともに、刃金の嚙み合う音が発した。

次の瞬間、ひくい絶鳴がつらぬき、地ひびきが起った。まず、一人、殪《たお》れたのである。

主水は、勿論、活路をひらいて、遁《のが》れ去る肚《はら》であろうが、それをゆるさずに、ひしひしと肉薄して来る包囲陣の、整然たる連繫《れんけい》をたもった手練《てだ》れ者揃《ぞろ》いぶりは、目撃するまでもなく、源吾には、手にとるように判《わか》った。

主水が、そこに、斬り死するのは、時間の問題でしかないように思われる。追手たちは、当然、姉の姿をもとめて、各部屋をさがすに相違ない。

――やむを得ぬ！

源吾は、武士が約束した以上、一身をなげうって、この女性をかばわねばならぬ、とほぞをかためた。

……殺気のみなぎる静寂を、また、一声が破って、猛然と斬りつけ、その声の主もまた、敗れて、地に臥《ふ》すひびきをつたえて来た。

その時、突如、源吾の双腕の中で、主水の姉が、烈《はげ》しく、身顫《みぶる》いするや、源吾を突きのけて、褥からすべり出た。

「いかぬ！」

源吾が、はね起きて、とらえようとするや、

「いえ！」

つよくかぶりをふりつつ、なにを考えたのか、手ばやく、帯を解き、衣裳《いしよう》をすてた。

「……？」

二十歳の源吾は、息をのんで、その振舞いを見戍《みまも》るよりほかはなかった。

小袖《こそで》を脱ぐや、さらに、白羽二重の下着もすてた。いや、つづいて、緋縮緬《ひぢりめん》の長襦袢《ながじゆばん》も、肩からすべりおとしたばかりか、腰をまとうた二布《ゆもじ》すらも、はぎすてて、一糸まとわぬ素裸になった主水の姉は、懐剣を摑《つか》むや、障子をさっと押しひらいて、廊下へ、走り出た。

源吾が、もし思慮のある中年に達していたならば、この狂気の振舞いを、決してゆるさなかったであろう。

若い女性が、自ら、はだかになるという行為は、いまだ女の肌を知らぬ源吾にとって、名状しがたい衝撃であった。

「主水、逃げよ！」

庭へとび出して、悲痛な叫びをあげるのを、耳にして、われにかえった源吾は、はじめて、その振舞いの意味をさとった。

おのが裸身を、夜明けの冷気の中にさらすことによって、追手たちの心気を擾《みだ》して、その隙《すき》に、弟をのがそうとする——衣類とともに羞恥《しゆうち》をかなぐりすてた必死の機転だったのである。

「姉上っ！」

主水が、絶叫した。

「生きるのじゃ、主水」

姉もまた、絶叫した。

源吾が、廊下へ出てみれば、十数本の白刃のまっただ中で、ま白い裸身は、大きく股《また》をひらいて、懐剣を、ふりかざしていた。

あきらかに、追手たちは、動揺し、その脈絡をばらばらにしていた。

主水が、その一角を突破すべく、猛然と奔《はし》った。それにあわせて、裸身も、躍った。

「やるなっ！」

「待てっ！」

どっと追い迫りつつも、やはり、その白い裸身に対する男の本能は抑えがたく、足なみは乱れていた。

主水の姿が、生籬《いけがき》に体当りして、外へ消えるや、裸女は、くるっと向きなおって、

「なさけを知れっ！」

と、のどを裂くように、叫んだ。

次の瞬間、一閃《いっせん》した白光の下に、裸女は、よろめいた。

源吾は、その胸の隆起が割れて、さっと血噴く悽惨《せいさん》な光景を看た。

追手陣が、ことごとく、主水を追って、去るや、源吾は、いそいで、生籬に凭《よ》りかかるようにして、倒れている裸女に近づき、かかえあげると、部屋へ、もどった。

褥に寝かされた裸女は、すでに息絶えていた。

凝然として、見戍る源吾の双眸《そうぼう》は、憑《つ》かれたように、虚《うつろ》うて、痴呆《ちほう》に似ていた。

半年後、帰国した源吾が、父から妻をめとるようにすすめられると、

「生涯、妻帯つかまつりませぬ」

とこたえたのは、あるいは、そのあわれな裸女のすがたが、脳裡《のうり》に一生やきついているのを覚悟したためであったろうか。

五

源吾は、藩主康哉が逝去したのを機会に、致仕して、出府し、千葉道場へ身を寄せた。

千葉周作はすでに歿《ぼっ》して、次男栄次郎が道場を主宰していた。当時、栄次郎は、年歯わずかに二十六歳であったが、世に「千葉の小天狗《こてんぐ》」と唄《うた》われた麒麟児《きりんじ》は、すでに名人の域に達していた。

先年、源吾が、主君の命令によって、千葉道場をおとずれて、栄次郎と立合ったが、栄次郎は、その三紘の構えを一瞥《いちべつ》しただけで、すっと一歩退ると、

「お手前の突きを躱《かわ》す工夫は、不可能と存ずる」

と、云った。

この縁故で、浪人した源吾は、しばらく、千葉道場に居候《いそうろう》したのであった。しかし、逗留《とうりゅう》中、源吾は、一度も、三紘の構えをしめさず、また、栄次郎の方も、所望しなかった。源吾は、ただ、きわめて目だたない、無為な存在として、門弟たちから、殆《ほとん》ど黙殺されたかたちで、三月ばかりすごしたのち、栄次郎の推挙によって、幕吏松平大炊頭《おおいのかみ》頼信に仕えた。

大炊頭は、大目付を勤めていたが、桜田門外の変をはじめ、幕閣の要人たちに対する勤王浪士の不穏の行動があいついでいたので、護衛役を欲していたのである。栄次郎は、依頼されるや、即座に、源吾を推挙したのであった。

大炊頭に仕えて、三年間、源吾が、その秘剣を揮《ふる》わねばならぬ凶事は、さいわいに起らなかった。

文久元年五月二十八日、水戸藩の脱走者たちが、高輪東禅寺にある英国公使館に斬《き》り込む、所謂《いわゆる》東禅寺事件が起って、幕府は、水戸藩政に対する強硬なる干渉をすべく、翌年二月、大炊頭を、水戸へ派遣することになった。

すでに、水戸藩においては、井伊大老の横死後、半年もたたないうちに、藩主斉昭《なりあき》を喪《うしな》い、統制力をうしなって、異常な紛擾《ふんじょう》状態におちていたのである。

斉昭在世中は、所謂天狗派も激派と鎮派に両分され、互いにその力を削《そ》いでいたが、斉昭の死をきくや、急遽《きゅうきょ》歩み寄って、攘夷《じょうい》の先鋒《せんぽう》たる機運を示したのである。激派有志の首領株である岡田信濃守《しなののかみ》、大場一真斎、武田修理の三隠居が、藩政参与として返り咲いた。激派鎮派の党争を調停する、という名目であったが、かえって、混乱を甚だしくする結果を招いた。

三隠居は、激派の士たちが、夷狄《いてき》を征伐、国恥を洗雪せんための軍資金調達と称して、村々を横行して、公然押入強盗をなすのを、弁護する役目にまわった。

文久元年正月を迎えるや、激派の行動は、さらに激烈となり、南郡玉造村に屯集して、同所の文武館を本陣として、

「無二無三日本魂」

とか、

「進思尽忠」

といった旗幟《きし》をひるがえして、隊員を調練し、軍資金をかきあつめはじめたのである。水路を横浜にむかって、攘夷の先鋒をなす、という檄《げき》もばらまいた。

岡田、大場、武田の三長老は、これを阻止しようとはしなかった。慶篤《よしあつ》は、これを憂《うれ》えて、武田修理を江戸に呼んで、藩政の宿弊を改革して、激徒を処分するように、命じた。しかし、修理は、激徒にむかって、帰順すれば、その前科をゆるし、他日事ある秋《とき》に起用する、という極めて寛大な布告しかしなかった。

一方、鎮派の方は、押込強盗を行った激派の幾名かを捕えるや、城東細谷村に設けられた囚獄へ、素裸のまま抛《ほう》り込んで、餓死させる酷遇の処置をとった。

慶篤は、四月朔日《ついたち》に登城するや、閣老たちから、激派の鎮圧処分について、きびしく糾問されたが、返答のしようがなかった。

ついに――。

五月に入って、有賀半弥、岡見留次郎、前木新八郎、森多門ら二十名が、脱藩して、江戸へ趨《はし》り、二十八日夜、英国公使館に斬り込んだ。公使アルコックが、富士登山をおわって、帰館した翌夜のことであった。

東禅寺には、幕府から選任した護衛の士のほかに、西尾（松平和泉守《いずみのかみ》）、郡山（松平時之助）の両藩士らが、警固の任に当っていた。

守備は厳重であったが、水戸浪士らは、正門から堂々と押し入り、これを短銃で阻止しようとしたオリファントとモリソンという書記二名を斬って、公使の室に乱入しようとしたが、屋内が真暗闇《まつくらやみ》にされたために、目的をはたさなかった。

公使アルコックは、身を脱して、遁れ去り、警備の士らの必死の反撃によって、浪士らは、退散せざるを得なかった。

この事件は、彼らの大先輩である藤田東湖に、

白髪蒼顔《そうがん》万死余
平生豪気未全除《いまだまったくのぞかず》
宝刀難レ染《そめがたし》洋夷血
却懐《かえっておもう》常陽旧草廬《そうろ》

などと詠じさせ、水戸藩内を、鼎《かなえ》のように沸きたたせた。

幕府としては、水戸藩に対する絶対的な圧力を加える秋を迎えたわけであった。

六月七日、病臥《びょうが》にあった慶篤に、不時登城を促し、その執政者の更迭《こうてつ》を厳命した。

そしてまた、水戸の城代家老に対しては、左のような覚書を送りつけた。


御領内残党之者ども儀につき、是《こ》れまで寛大の御処置に相成り居り候処《ところ》、今以《もっ》て兎角《とかく》居合い兼ね候趣につき、今般厳重に御手配これあり、ことごとく御召捕なされ候様、仰《おお》せ出《い》だされ候。就いては、この上徒党の儀相企て候者これあるにおいて、御人数御差向け、御領内にて御取り鎮《しず》め、若《も》し不法の働きこれあり候わば、すみや

かに御討取り成さる可《べ》く候。若し又、御遅滞候節は、御沙汰《ごさた》の品もこれある可く候間、この段申上候。

幕府としては、たとえ御三家であっても、事態が斯《か》くなった上からは、廃家もまたやむを得ず、と決断したのである。

大目付として、大炊頭が、水戸へおもむくのは、重大な意味があったのである。

大炊頭は、源吾を呼んで、忍びで、水戸へおもむく旨《むね》を申し渡し、

「生きて、再び、江戸へ還《かえ》れぬかも知れぬぞ」

と、つけくわえた。

源吾は、べつだん、顔の色を動かさなかった。

供揃いはなされず、源吾のほかに、徒士《かち》二名と、足軽三名が、したがっただけであった。

大炊頭は、水戸城下に入ると、接待屋敷で、あらたに執政となった興津所左衛門を引見して、一刻ばかりの談合をしたのち、ほかの誰とも会おうとしなかった。

さきに、潜入させておいた隠密たちの報告をきき、まとめて、それから、三長老に会う計画であった。

しかし、三長老からの、会見申込みは、毎日ひきつづいた。

ついに、大炊頭は、代表者である武田修理と、半刻の時間をきって、面談することに

なった。逗留して、十日目であった。

巳《み》の刻、大炊頭は、城内に入ると、源吾一人をつれて、松の間の廊下を歩いているうちに、鶯《うぐいす》の声をきいた。

壺庭《つぼにわ》に、古梅が植えられてあり、それに飛んで来て、啼《な》いているのであった。

「いい日だの」

大炊頭は、源吾をふりかえって、微笑した。

源吾も、微笑をかえした。

もし、この鶯の音をきかなければ、大炊頭も、油断をしなかったであろう。

大炊頭は、鶯の音をきいて、城内が平穏な空気につつまれていると、つい錯覚を起したのである。

やがて、謁見《えっけん》の間の前まで来ると、用人が控えていて、

「おそれ乍《なが》ら、本日は、義公様の御命日にあたりますれば、当家のならわしといたしまして、義公様御逝去の間にて、御焼香の儀お願い申上げまする」

と、口上した。

大炊頭は、べつだんの疑念も抱かずに、承知した。

奥の一室にみちびかれるや、仏前に坐《すわ》る掟《おきて》として、大炊頭は、大小とも、用人に預けなければ、ならなかった。

用人は、源吾にも、大小を渡すように、促した。源吾は、控えの間にいる自分は、渡す必要もないと思ったが、

「しきたりでござれば……」

と、云われると、やむを得なかった。

控えの間に入って、今日の時間にして、ものの五分も経たないうちに、源吾は、奥から、異常な物音と、叫び声がつらぬくのをきいた。

さっと立って、廊下に殺気が発するのを察知して、とび退った。

無手である。

主人を救うことは、不可能であった。しかし、護衛役として、じっとしているわけには、いかなかった。

咄嗟《とつさ》に――。

源吾は、床の間に、活《い》けてある梅一枝を、水盤から抜きとった。

花びらが、はらはらと、畳に散った。

障子戸が、さっと開かれて、一人の藩士が入って来た。すでに、抜刀していた。

「当藩評定所の決議なれば、ゆるされい！」

そうことわって、ぴたりと、青眼につけた。

源吾は、刺客の面貌を、凝視していたが、

——そうか！

と、思い出した。

入って刺客を、一瞥するや、

——どこかで、以前に出会うたことがある。

と、直感したのである。

鼠宿の旅籠《はたご》で、姉を預けておいて、逃げた田所主水にまぎれもなかった。

偶然のめぐりあわせに、源吾は、一瞬、それを告げたい衝動にかられたが、直ちに抑えた。

対手《あいて》は、気づいていないのだ。

もし、こちらから告げれば、刺客としての切っ先がにぶるに相違ない。姉の身柄を預って、無事に、何処《どこ》かへのがれさせてやったのであれば、主水に思い出させてもよかった。姉を、むざと、死なせてしまっているのである。主水の方では、恩を感ずる必要はないわけであった。

……源吾は、やおら、右相斜めに、左肩を、主水の青眼に正対させ、右手に把《と》った梅一枝を、胸に近よせ、枝さきへ、左手をあてた。

主水は、そのふしぎな構えに、微《かす》かに眉宇《びう》をひそめた。

「参られい！」

源吾は、冴《さ》えた声で、打太刀を所望した。

「ご免！」

主水は、ツツ……と三歩出るや、

「ええいっ！」

満身からの気合をつんざかせて、撃ち込んで来た。

次の刹那《せつな》、源吾の五体は、斜横に、床の間へ、跳んでいた。

「うむ！」

主水は、それにむかって、じりじりと間合を詰めた。

源吾の構えは、依然として、かわらなかった。かわっていたのは、その枝のさきが、切断されて、鋭くとがっていたことである。

すなわち、源吾は、主水に、初太刀を撃たせて、枝を切らせたのである。枝は、鋭くとがった尖端《せんたん》をつくることによって、武器と化した。

汐合《しおあい》きわまって、主水は、猛然と、第二撃を送った。

宙を搏《う》ったむなしさに、主水が、

「おっ！」

と、おめいて、上段にふりかぶった瞬間、枝剣は、その咽喉《のど》めがけて、矢のように突き出されていた。

まだ、ふたつ、みつ、白い花をつけている梅の枝を、ふかぶかと、咽喉に生けられて、どうっとのけぞる主水の手から、その白刃を、目にもとまらぬ迅《はや》さで奪いとった源吾は、風のように、奥へむかって、奔《はし》った。

しかし、その室《へや》では、すでに、大炊頭は、おのれの流した血汐の中に、顔を浸して、俯《う》っ伏《ぷ》していた。

源吾は、抱き起し、合掌させると、しばらく、待った。誰も、入っては来なかった。

源吾は、片袖をちぎって、刀身に巻きつけると、おもむろに、衣服の前をくつろげた。

作法正しく、一文字に、腹をかき切って、徐々に、俯向《うつむ》き乍ら、源吾は、その苦痛に堪えつつ、なにかを想《おも》うような表情になった。

裸身をさらして弟を救った女性の、その白い肌を、思い泛《うか》べたのであろうか。

生命《いのち》の糧《かて》

一

その酸鼻の悲劇は、ひとりのさむらいが、

「信濃《しなの》というところは、女もまずいし、米もまずい。都が恋しゅうなったわい」

と、もらしたことから、起った。

馬責めに出て、旗すすきが秋風になびく裾花《すそばな》川の土手に、憩《いこ》うている時、何気なしに、いまいましく、もらしたのであった。

どこやら、木津川のほとりの景色に似ていたので、ふと、京のくらしを想《おも》うたのである。

馬の口をとっていた足軽の茂平という男が、それをきいて、これもまた、何気なく、

「川中島の稲なら、お口に合うかと存じまする」

と、云った。

茂平は、土民であったが、土まみれのくらしをきらって、なんとかして、さむらいに

なりたいと思い、このたび、小笠原長秀が、信濃の守護役として善光寺に乗りこんで来たのを機会に、志願して、足軽となったのである。

「ふん、川中島の稲なら、うまいか？」

「ほかの土地の米と、まるでちがって居りまする」

「そうか。では、ひとつ、刈るか」

小笠原長秀の侍大将杉谷弥十郎は、云った。

「しかし、川中島は、村上中務少輔《なかつかさしょうゆう》様のご領分でございますが……」

「かまわん。こっちは、守護職だ」

茂平は、杉谷弥十郎が、こともなげに云ったので、守護職ならばそれぐらいの権威はあるだろう、と思い、その足軽になったのを、ひそかによろこんだ。

寄らば、大樹のもとである。出世のいと口は、こういう、ちょっとしたところから、ひらけるような予感がした。

「ほんとうにお刈りになるのでございましたら、どの田の稲が、いちばんいいか、あらかじめしらべておいて、ご案内つかまつります」

茂平は、云った。

「うむ。もう刈れるのだな？」

「はい。充分、みのって居りまする」

「よし。はやいところ、やろう」

杉谷弥十郎は、それがいかに大事となるか、すこしも考えずに、きめてしまった。粗暴な、戦場をかけめぐって、首級の数をふやすことだけしか、考えていない男であった。

応永七年八月末、村上中務少輔満信は、小笠原長秀の家臣が、地下《じげ》の土民たちを使役にして、川中島の田稲を刈りとっているという急報に接するや、ほぞをかためた。

南北両朝が合体してすでに八年になるが、保たれているのは、表面上の平穏で、陰にあっては、嘗《かつ》ての敵同士は、決して、和合してはいなかった。

小笠原長秀一族は、貞宗以来、つねに武家方について来ていた。これに対して、村上中務少輔ら信濃の武将らは、代々、南朝の宮方についていたのである。

長秀が、信濃の守護職として乗りこんで来たのを、こころよく迎えた武将は、一人もなかった。

長秀を追いはらってくれようという黙契が成っていたわけではないが、誰かが狼煙《のろし》を挙げれば直ちに、武将らが蹶起《けっき》するであろうことは、中務少輔満信には、判《わか》っていたのである。

満信は、ひそかに、祐筆《ゆうひつ》に命じて、檄《げき》を作らせると、深更を待って、早馬を、八方へ奔《はし》らせた。

満信の予想は、はずれなかった。

檄を受けとって、動かなかったのは、佐久の大井治部少輔光矩だけであった。光矩は、小笠原家とは、遠縁に当っていたからである。

満信は、武将らが、つぎつぎと、居城を発したという報をきくや、九月三日払暁《ふつぎょう》、自らも、百余騎の旗本を率いて、屋代の城を出た。

作戦は、すでに、肚《はら》に成っていた。

篠ノ井岡に陣をはって、小笠原勢が、塩崎の城に籠《こも》って、都からの援軍を待つ持久策をとろうとするのを断乎《だんこ》としてゆるさないことであった。

二

「さわ！　さわっ！　どこだっ？」

おもてから、駆けもどって来た良人《おっと》の呶鳴《どな》り声が、裏山で、茸《きのこ》をとっているさわの耳にとどいた。

いそいで、もどると、茂平は、押入に首をつッ込んで、葛籠《つづら》の中をかきまわしていた。

「なにをしているのじゃ！」

訝《いぶ》かって、近づくと、

「太刀じゃ！　太刀が要るぞ！」

茂平は、上ずった声で、こたえた。

「太刀は、幸左衛門殿が、このあいだ来て、預って行ってしもうたが……」

幸左衛門は、茂平と一歳ちがいの若い叔父であった。金貸しをしていて、ずいぶんたくさんため込んだ、という噂《うわさ》であった。

茂平は、足軽になる際、具足を買う金を借りていた。幸左衛門は、こころよく貸してくれたが、証文をとるかわりに、

「お主の家に、備前ものの太刀があったろう。あれは、足軽が佩《は》くわけにはゆくまいから、わしに、ゆずってくれ」

と、条件をつけたのであった。

たしかに、その太刀は、侍大将にでもならなければ、腰に帯びるわけにいかない立派な品であった。

しかし、茂平は、いずれ侍大将になるつもりであったから、返辞をしなかったのである。

「ばかっ！　あ、あれを渡すとは、なんというやつだ！」

茂平は、血相を変えて、さわの頬をなぐりつけた。

「とりかえして来い！　どうでも、とりかえして来いっ！　とりかえして来ぬと、離別

じゃ！」

　さわは、怯《おび》え乍《なが》ら、

「あの太刀を、どうされるのじゃ？」

と、問うた。

「献上するのじゃ。出世の機会《とき》が来たわい。……明日、いよいよ、出陣ときまったのだぞ。わしは、杉谷弥十郎様に、あの太刀をさしあげて、足軽頭にしてもらうのじゃ。……このたびのいくさこそ、わしがさむらいになれるかどうかの瀬戸際《せとぎわ》だぞ。……阿呆《あほう》女め、はよう、とりかえして来んか！」

　茂平は、もう一度、さわの頬をなぐった。

　さわは、良人が、農夫をやめて足軽になる時、ひかえめに、忠告した以外は、さからったことは一度もなかった。良人が肯《き》かぬ、と知れば、だまって、ひきさがって、したがう女であった。

　さわは、出て行って、一刻《いっとき》ばかりして、太刀をかかえて戻ってきた。幸左衛門は、容易にかえそうとしなかったが、さわが、かえしてくれなければ、その場をテコでも動かぬ、と見てとるや、不意に抱きすくめたのであった。

　さわは、ほんのわずかの抵抗をしめしただけで、死んだように、からだを幸左衛門になぶらせた。そして、太刀をとりもどしたのである。

茂平は、蒼《あお》ざめたさわの顔など一瞥《いちべつ》もくれずに、太刀をつかんで、

「これじゃ！　こいつが、いまこそ、役に立つ。人間は、頭じゃ。知恵じゃ。……ははは、太刀というものは、斬《き》るだけに役立つのではない」

と、にたにたした。

さわは、ちらと、憐《あわれ》むように良人を視《み》たが、何も云わなかった。

翌朝、はやく、茂平が、出発しようとすると、さわは、古びた錦《にしき》の小袋を、手渡した。

茂平は、金にしては軽すぎるので、

「なんだ？」

と、訊《たず》ねた。

「おまもりです」

さわは、それだけしかこたえなかった。

「おまもりなど……」

茂平は、つきかえそうとしたが、泪《なみだ》をためた妻の表情を見ると、だまって、その紐《ひも》を頸《くび》にかけて、小袋を、ふところへ、しまった。

九月十日――すなわち、信濃の武将らが、篠ノ井岡に陣をはってから七日後、小笠原勢は、軍議ようやく決して、出陣した。

総勢八百余騎。

長秀の下に、櫛木石見《くしきいわみ》、飯田左馬助入道、下条伊豆守、下枝尾張守、古米入道ら……。

善光寺の人々は、その出陣を見ようと、南大門から裾花川のあたりまで、沿道の両側に、集った。

まず、兜《かぶと》をつけず、鉢巻だけした、七八人の、身軽な騎馬が通りすぎると、二十人あまりの薙刀《なぎなた》をかざした一隊が来た。それから、数間を置いて、本隊があらわれた。

士《さむらい》は、みな一様に、七枚草摺《くさずり》の腹巻をして、侍烏帽子《えぼし》に、鉄の半首《はんぶり》を頰に当て、鞘巻《さやまき》をさしていた。

弓だの、薙刀だの、捲《ま》いた旗だのを持った兵たちが、土埃《つちぼこり》をたてて、あとからあとから、ぞくぞくと、つづいていた。

埃の中から、家紋を染めた一旒《りゆう》の松皮菱《まつかわびし》の旗が、秋風にはためき乍ら、あらわれた。

それにつづいたのは、曼陀羅《まんだら》の幌《ほろ》をかけた旗本百五十騎であった。

その中ほどに、小笠原長秀は、萌黄縅《もえぎおどし》の鎧《よろい》をつけて、紫の鞦《しりがい》かけた栗毛にまたがっていた。前後に、旗をかついだ兵が、左右に薙刀をもった兵が、つき添っていた。

胡床《こしよう》持ちと、乗換馬がつづき、その後へ、さらに、一隊ずつ、それぞれ、隊長にしたがって、粛々として、足を進めていた。

茂平は、しんがり近くで、一隊をひきいた杉谷弥十郎の馬の口をとっていた。弥十郎の腰には、茂平が献上した備前の太刀が佩かれていた。

弥十郎は、茂平からさし出されると、

「ほう、どこの戦場でひろうたぞ」

と云い乍ら、受けとって、抜きはなち、しばらく、じっと眺めていたが、

「わるくはない」

と、うなずいてみせた。しかし、一言も礼は云わなかった。あたりまえのような顔をしていた。

茂平は、しかし、受けとってもらっただけで、満足であった。弥十郎が、屹度《きっと》心にとめておいてくれて、その太刀で、めざましい武勲をたてたあかつきには、自分をも、足軽頭にとりたててくれるに相違ない、と思った。

大勢の人々に見送られ乍ら、茂平は、いつかは、弥十郎のように、馬上の人となってみせる、と胸をふくらませていた。さわのことなど、心の片隅にも、とどまってはいなかった。

そのさわは、裾花川の土手でのびあがりのびあがりして、茂平のすがたをもとめていたが、やっと見つけると、みるみる泪をあふらせた。

さわは、これが、良人と、この世の最後の別れになる、という予感を抱いていた。二度と、人の妻になろうなどという気持のないさわは、十年つれ添った良人と別れる悲し

みを、すなおに、全身にしみわたらせていた。

三

小笠原勢は、旭山と富士ノ塔山の裾、かわききった善光寺街道を、埃をたてて、ながながと、進んで行った。

左方には、田畑が、原野がひろびろとひらけ、その彼方《かなた》に、千曲《ちくま》川が、白く浮いていた。そして、はるかに、千曲川の上に、山々が、淡い暗紫色につらなっていた。

小市の渡しをこえたところで、黄色の袖印《そでじるし》をつけた伝令が一騎、砂けむりをあげて、駆けもどって来るのが見られた。

茂平は、いよいよ、いくさの近いのをおぼえて、緊張した。まわりには、歩き乍ら、腰の兵糧《ひょうろう》をつかみ出して、むしゃむしゃ、食べている者が見られたが、茂平は、食欲など、すこしもなかった。

一箇所へ集っていた隊長たちが、馬を駆け戻らせて来ると、下知した。

「旗を解け！　弓の弦《つる》を張れ。薙刀は、鞘を払って、陽に反射させせぬように、地へ下げい。……横列じゃ、横列！」

街道から、左へ入り、現在の今井・南原と、路《みち》をかえて、布施城の脇《わき》を迂回《うかい》して、条仁あたりまで、先発の隊が進んだ時、また、あわただしく、物見の一騎が、先方の土手の上へあらわれて、矢のように、桑畑の中を駆け戻って来た。

敵影が、向うの森蔭《もりかげ》と、川ばたから土手へかけて見える、という報告に、

「旗を倒せ！」

とか、

「楯《たて》をはやくっ！」

とか、

「弓は、前へ、前へ――」

とか、吸鳴り声が、伝播《でんぱ》して、にわかに、兵は、だれもかれも、顔を緊張させ、それぞれの得物を、思わず、かたく握りしめていた。

ここに、陣をはることにきめたのは、謀将櫛木石見であった。

信濃の武将たちは、山地戦に長じているに相違ない。その裏をかいて、横田河原の平地に敵を誘導して、経験ゆたかな野戦で、迎撃しようという策であった。

こちらが陣を敷くのを待っていたように、前方の森蔭に、土手蔭に、敵の薙刀や、鎧が、夕陽を受けて、きらきら、と煌《きらめ》いた。旗を押し出して来て、風に鳴りはじめた。

――夜襲、ござんなれ！

櫛木石見は、馬上から、小手をかざして、微笑した。

しかし、石見が、本陣の幔幕《まんまく》の内に入ると、主君の小笠原長秀が、稚児《ちご》に酒をくませ乍ら、

「石見、わしは、夜半に、本隊を、ここから消え去らせるぞ」

と、申し渡した。

「何故《なぜ》でございます？」

石見はおどろいて訊ねた。

「忍びの者が、戻って来て、敵は、五千以上と報《しら》せた。五千あれば、ここを包囲して、袋の鼠《ねずみ》にすることができる。わしは、鼠にはならぬ」

「………」

「たぶん、夜襲はかけて参るまい。わが軍勢を、もっと身近にひき寄せるこんたんであろう。ひき寄せて、包囲し、みなごろしに——という計略の、こちらは、裏をかく。卑《ひ》怯《きょう》ではないぞ、石見！　誤解すな」

「それは、もとより……」

石見は、俯向《うつむ》いて、こたえ乍ら、主君の考えは、過ぎているような気がした。

村上満信は、知略にたけた武将ではなかったからである。また、おそるるに足る謀将もいない。

しかし、主君の考えが、まちがっている、と否定する理由も、べつになかった。

しばし、思案していてから、石見は、云った。

「では、夜半、殿が転退なさる時、先陣の隊を動かして、わざと、敵中へ深入りさせてはいかがでありましょう?」

「うむ。それもよい。まかせる」

長秀は、あっさり承知した。

「その先陣は、この長国が仕《つかまつ》ろう」

小笠原勢随一の剛の者坂西次郎長国が、申出た。

石見は、長国が、鋭くきれる頭脳の持主ではないので、臨機応変の処置がとれまい、と聊《いささ》か不安であったが、さしあたり、この無謀な突進には、他に適当な将はいなかったので、だまって、頷《うなず》いた。

坂西長国は、ただちに、突進の用意にかかった。杉谷弥十郎の一隊も、これに加えられた。

「先陣じゃ! 敵のどまん中を、突破するぞ! 一同よろこべ!」

弥十郎の大声をきき乍ら、茂平は、期待通りにはこぶよろこびと、生れてはじめて、修羅場を走る恐怖を、胸のうちで、ないまぜて、微《かす》かな顫《ふる》えを、いつまでも、つづけた。

寅《とら》の中刻になって、小笠原勢は、前と、後へ、一斉に、動いた。

坂西長国は、山国の土族どもに、どれほどの武力があろうか、と頭から軽蔑《けいべつ》していた。

だから、蹄《ひづめ》の音を消させたり、具足をひびかせぬように要心することを、一切しなかった。

物見の兵が、駆け戻って来て、敵が、どうしたのか、退いている、と不審を告げても、

「怯え居ったか」

と、気にもとめなかった。

夜が明けて、かわって、朝霧がこめて、やはり、二間のさきも見えなかったが、長国は、前進を止めなかった。

上横田の村はずれまで来た時、物見の兵が、敵が、二町のかなたに、陣をつくった、と急報して来た。

「よし！　一挙にふみつぶしてくれる！」

しだいに霧のはれて来る原野をすかし見た長国は、

「太鼓をっ！」

と、叫んだ。

どーん！

と、ひと打ちされるのを合図に、兵は、一斉に、田畑の中へ、土手の上へ、散開しはじめた。

その時、突如、左右の林の中から、どっと、凄《すさま》じい鯨波《とき》があがった。

「来たっ!」

「敵だっ!」

咄嗟《とっさ》に、前方へむかって攻勢の陣形をとろうとしていた兵たちは、この挟撃《きょうげき》に対して、どうすべきか、判らなかった。

「くそっ! これが、満信の小知恵かっ!」

長国は、面を朱にすると、

「奔《はし》れっ! ただ、遮二無二、奔れっ!」

と、呶鳴《どな》った。

左右から襲って来る敵勢との距離と、前方の敵陣との距離を目測して、これ以外に、とるべき手段はなかった。

味方が半数になっても、敵陣を突破すれば、活路はひらける。これは、経験によって知っていた。

茂平は、弥十郎の馬におくれまいと、ただそれだけに夢中になって、奔った。

鬨《とき》の声も、矢唸りも、なにも、きこえなかった。ただ、左右から襲って来る敵影が、一万にも、十万にも、まるで、黒い雲のように、視界にとび込んでいた。

とにもかくにも、弥十郎から、はなれさえしなければ、大丈夫だ、と一心に念じた。

弥十郎を見うしなったら、生命はない、と思った。

前方に、陣が整然と並んでいたが、茂平には、それが、敵陣ということは、判っていなかった。

いや、あの中に入ってしまえば、身は安全になるような気がした。

ところが――。

十間あまりに、奔り寄った時、不意に、その楯の蔭から数百の兵が出現して、つがえた矢を、射たてるのに遭うや、茂平は、腹の底から悲鳴をあげて、地べたに俯《う》っ伏《ぷ》してしまった。

しかし、一人とりのこされる恐怖に堪えられずに、立とうとしたが、膝《ひざ》ががくがくして、立てなかった。

茂平は――茂平にできるのは、あらんかぎりの声をふりしぼって、恐怖の絶叫をほとばしらせることだけであった。

すると、その絶叫におどろいたように、茂平をひきはなして奔走していた弥十郎の馬が、ぱっと、棹立《さおだ》ちになった。

弥十郎が、大きくのけぞって地上へころがり落ちる光景が、悪夢のように、茂平の眼裏にのこった。

四

信濃勢の部将千田讃岐守《さぬきのかみ》信頼は、百五十騎の別働隊を、千曲川の磧《かわら》から、道、土手の下、畑の中にも、葦《あし》の蔭にも、ひそと伏させて、小笠原先陣勢が、撃たれつつ、死にもの狂いで奔って来るのを、待伏せていた。

兵は、おのが胸の鼓動の躍るのをきき乍ら、得物を握って、凝《じ》っと、前方を瞶《みつ》めていた。

やがて、わざと退却して来る味方の弓勢が、近づいて来ると、それにむかって、敵の騎馬が、徒歩の兵が、砂塵《さじん》をまいて、追撃して来るのも、見わけられた。

はやりたった兵たちが、じりじりして、腰を浮かせかけると、

「まだだっ！　立つな」

と、叱咤《しった》の声がとんだ。

やがて――。

「撃ていっ！」

下知があって、兵たちが、どっと起った。

と――その時、背後にあたって、突如として、どっと、鯨波が噴いた。

川沿いの森の中から幌をかけた騎馬の一団が、猛然と殺到して来た。松皮菱の旗を、朝風にひるがえしていた。

小笠原長秀は、味方をもあざむいて、秘密の作戦をとっていたのである。

「おっ！　曼陀羅一揆《いっき》だっ！　敵の旗本だ！」

「弓っ！」

「馬だっ！」

だが、弓をつがえるいとまも与えないくらい、疾風の迅《はや》さで、小笠原旗本勢は、そこへ、躍って来た。

数十本の矢が放たれたが、すすきが風に散るに似ていた。

馬蹄《ばてい》が顔面へ来、薙刀が太刀が、頭上から降って来るや、

「ひくなっ！　たたかえっ！」

と、喚《わめ》く隊長の声も喚声の渦の中に消されて、信濃勢は、無我夢中で、千曲川の対岸へ脱れようと、死にもの狂いの勢いで、深瀬も浅瀬もなく、めちゃめちゃに、とび込んで、よろめいたり、のめったり、倒れたり、流されたり、算を乱して、潰走《かいそう》した。

「ばかっ！　ひくなっ！　ひくなっ！」

と、絶叫していた千田讃岐も、川の中へ、味方の兵たちに押したてられて、落ち込み、肩と高腿《たかもも》の深傷《ふかで》に、歯をくいしばりつつ、流されて行った。

茂平は、主人を喪《うしな》ったはだか馬の口をとって、というよりも、馬にすがって、奔っていた。どうして、馬にすがっているのか、自分でも判《わか》ってはいなかった。

まわりには、五六騎が駆けているだけで、その一騎は、坂西長国であったが、胸に矢をうけて、もう視力も尽き、馬の駆けるにまかせていた。

いつか、聖川まで達していて、すでに、そこには、長秀の旗本が、信濃勢を蹴《け》ちらして、安全な場所になっていることも、長国と茂平には、判っていなかった。

旗本たちが、敵の再度の襲撃にそなえて、川岸に密生している萱《かや》へ、油をかけて火を放っていたが、長国を乗せた馬は、まっしぐらに、それを突破して行ってしまった。長国のからだは、馬上で、人形のように、がくんがくんとゆれていた。

茂平は、その火焔《かえん》の寸前で、棹立つ馬につられて、ひっくりかえって、それなり、しばらく動かなかった。

思考の力は、全く失《う》せていた。ただ、ぽかんと、目玉を開いて、澄んだ秋空を仰いでいた。そうしたまま、死んだようにじっとしているあいだ、茂平の脳裏を掠《かす》めたのは、飛んでいた蜻蛉《とんぼ》が、いかにも自由に思われたことであった。

五

小笠原勢の勝利は、しかし、一時のものでしかなかった。

退却に移って、二つ柳の方角へ向かうと、下石川の方面から、千騎ばかりが、猛然と追撃して来た。

一矢《いっし》も返さずに、奔ってのがれると、片方の山沿の芳田ケ崎から迂回した別の敵勢が、退路を遮断すべく、長蛇のような陣形をとって、迫って来た。

さらに、篠ノ井の方角からも、新手の大軍が来るとみえて、土煙りが、田畑や林のむこうにあがっていた。

退却する兵は、みな、へとへとになって、気ばかりあせっても、足が、馬が、思うように進まなかった。薙刀を杖《つえ》にした者が、倒れても、扶《たす》ける力もなくなっていた。

騎馬の士《さむらい》が、駆けめぐり乍《なが》ら、

「いそげ！　あの森の中に拠《よ》れいっ！　いまひと息じゃ」

と呶鳴《どな》りつづけた。

森の中では、先着の兵が、士が、傷ついた者も、老爺《ろうや》も少年も、必死になって、木を倒して鹿垣《ししがき》を結ったり、土を掘って塹壕《ざんごう》を築いたり、戦場からひろって来た掻楯《かいだて》を並べたり、立木を利用して、櫓《やぐら》を作ったりしていた。

敵勢は、この森にむかって、田畑の中を、次第次第に接近して来た。先頭には、総大将村上満信の旗が、ひらめいていた。

時折、鯨波を噴きあげたが、それは、包囲される者にとって、暴風雨のように、凄じいものにきこえた。

しかし、信濃勢は、包囲を完了すると、いたずらな攻撃をしかけては来なかった。

この森は、大塔の古要塞《ようさい》といい、砦《とりで》としては、かなり安全なつくりであった。

安堵《あんど》は、一夜だけであった。

小笠原勢は、敵勢に襲われるかわりに、飢渇に襲われる悲惨に気がつかなければならなかった。

小川という小川を堰止《せきと》められて、流れは涸《か》れてしまった。兵糧《ひようろう》は二日で、尽きた。馬が、八頭いたが、つぎつぎに、兵の胃の腑《ふ》の中へ消えた。

この森の中ににげ込んだのは、櫛木石見を頭とする百六十余名であった。主君長秀は、五百余名をひきつれて、塩崎城へ入っていた。

石見はじめ将士や兵たちは、かならず、主君長秀が、塩崎城から救援に来てくれるものと信じて疑わなかった。

塩崎城もまた、三千数百の信濃勢によって、包囲されていることを知らなかったのである。いや、たとえ知っても、主君長秀ならば、突破して、救援に来てくれるに相違ない、という期待をすてるわけにはいかなかった。

その期待にすがらなければ、木の根を嚙《か》んだり、具足の皮をひき毟《むし》ってのみ込んだりし乍ら、堪えることは不可能であった。

それも、しかし、限度というものがあった。

七日、八日と経《た》つうちに、身がるに立って歩く者はなくなった。負傷者は、つぎつぎと死んで行った。あまりの苦しさに、発狂して、傍の朋輩《ほうばい》の股《もも》のあたりへ、いきなり死にもの狂いに、くらいついた者も出たし、涸れはてた小川に、清水のあふれている錯覚を起して、渇ききった咽喉《のど》を鳴らし乍ら、四ン匐《ば》いになって飲もうとして、そのまま首を突っ込んで息絶えたりした。

やや思慮をのこした者たちのうちには、これ以上の恥辱に堪えられず、刺しちがえて、果てる者も出た。

たて籠《こも》って二十日が過ぎると、櫛木石見は、もはや援軍は来《きた》らずとさとり、敵陣へ斬《き》り込んで、玉砕する覚悟をきめた。

われにしたがう者をさがしたが、十名にも足らなかった。

部将の一人飯田左馬助から、

「よろばい出て、名も無い雑兵に手柄たてさせて、物笑いになるまでもあるまい」

と、頭をふられて、石見の覚悟も消えはてた。

その夜のうちに、石見はじめ、部将らは、それぞれの場所をえらんで、自刃《じじん》した。

その頭上の木枝には、

郷関只在白雲外
満目干戈暗戦塵

とか、

植ゑ置きしわが故郷の松風は
うらみやすらむ又と問はねば

とか、辞世が、つりさげられて、夜霧にぬれていた。

茂平は、もう五日あまり前から、とある巨《おお》きな赤松の根かたにうずくまって、動かずにいた。

飢餓感さえも、もう去っていた。松の梢《こずえ》から落ちる滴《しずく》だけが、かろうじて、茂平の生命を、この世につなぎとめていた。

朝陽が、葉むらを縫って、いくすじもの光の箭《や》をそそいで来た時、茂平は、どこからか、さわの声が、呼びかけて来るのを耳にした。

——さわ！

茂平は、はじめて、自分に妻がいたことを思い出した。

「さわ！」

輝《ひび》われた唇をうごかして、その名をつぶやいてみた。

そして、さわがくれたおまもり袋を、まだ頸《くび》にかけていることを、思い出した。

のろのろと、痩《や》せおとろえた手をはわせて、懐中から、錦《にしき》の小袋をとり出した茂平は、口をあけてみた。

わななくてのひらの上へ、さかさにすると、ばらばらと落ちたのは、わずかな米粒であった。

その美しく白く光る小さな楕円の粒を、一瞬、茫然《ぼうぜん》と見おろした茂平は、やがて、まぶたも鼻も口も頬も、ぶるぶると顫《ふる》わせた。

泪《なみだ》が、どっとあふれ出た。

この美しく白いものをつくるくらしをなつかしみ、悔いるのは、もうおそかった。

茂平は、嗚咽《おえつ》する口へ、米粒を入れた。そして、がくりと、松の幹へ凭《よ》りかかった。

「……さわ！　……さわ！」

茂平は、眩《まぶ》しい陽光を降らせる空を、梢のあわいに仰いで、

「ゆ、ゆるしてくれ――」

と、わびた。

さわの呼び声が、また、耳にきこえて来た。

解　説

清原康正

〝柴錬〟の名で親しまれた柴田錬三郎が急逝したのは、一九七八年（昭和五十三年）六月三十日のことだったから、もう丸三十年が経つ。急逝する三年前に発表された「首相は空を仰げ」（「中央公論」一九七五年四月号）と題したエッセイがある。晩年のエッセイということになったわけだが、その冒頭部にこんな一節がある。

私が、長い間、大衆小説を書きつづけているひとつの理由は、主人公に「心意気」を持たせられるからである。

心意気を持たない人物を主人公にした場合、長篇として書く興味がなくなってしまう。

心意気には、ギブ・アンド・テイクの物質欲の料簡がみじんも含まれていない。だから、すがすがしいのである。

そして、終章部の近くでも、この「心意気」ということについて、こうも記している。

いずれにしても、「心意気」というものは、物質欲とは、無縁である。
その「心意気」が、現代ほど皆無な時代はない。

機械文明の無限の発達によって、人心を果しなく低下させ、金もうけに躍起になり、また、大いにぼろもうけして、会社を大きくし、やたらに人員を増したために、こんどは、逆に、クビ切りやら自宅待機やら、採用中止やらをやっても、不況状況から抜け出せなくなっている。まことに、結構な、仇の討たれぶりではないか。

もう一度、確認しておくと、これは平成不況の時代状況の中で執筆されたものではない。三十年以上も前の柴田錬三郎の真摯な思いである。

人間の精神にとって「心意気」がいかに大切であるか、を熱く語ったこのエッセイは、柴田錬三郎の直球ズバリのエッセイの中でもより鋭角的で、その後にいつ読んでも、こちらの心を熱くさせる。新世紀に入ってからの現代日本の混沌状況を、柴田錬三郎ならこのエッセイに表れている鋭敏な感覚と冷徹な観察眼で何と言うだろうか？

本書は、柴田錬三郎の剣豪小説を新たに編纂《へんさん》した文庫オリジナル版である。剣の奥義をきわめることに異様なまでの執念を示した有名無名の剣豪たちの生と死のありようを探り出していく。たった一人で修業に励み、独自の剣の業《わざ》を編み出していく主人公たち、その孤独に打ち克つ主人公たちの心意気と気骨のさまを、柴田錬三郎はさまざまなアングルからアプローチして浮き彫りにしている。そこに柴田錬三郎の独特の意気込み、そして気骨ぶりを感じ取ることができる。

主人公たちのそれぞれの生と死のありように、「気骨」、「心意気」、「ダンディズム」といった精神性の高い要素がどう絡まり合い、それを柴田錬三郎がどう表現しているか。こうした点に注目することで、さり気なく描かれている主人公たちの剣に関する逸話の一つ一つが、より深みのあるものとなっていく実感を得ることができるに違いない。

「斑《まだら》三平」は、藩随一の醜男《ぶおとこ》の意外な剣の腕前とその悲劇的な最期を描いた短編。安中板倉藩士の斑三平は三十石の微禄で、三十二歳の独身。醜男で背丈も小さく、縁談話とは全く無縁な存在にされてしまっているこの三平が、中宿の飯盛《めしもり》女おけいに惚れて通う。地摺《ぢず》りの構えから一刀流の古法「隠れ突き」を迅業《はやわざ》で繰り出す三平と肉を斬らせて骨を砕く豪剣を平常の心得とする神道無念流《しんとうむねんりゅう》の達人・吾孫子《あびこ》利太郎との対戦を描写することで、異質の二法の違いを浮き彫りにしてみせている。こうした男たちの闘いに加えて、おけいの死のことがラストで明かされており、男たちの陰で生きた女の哀れさを表象してもいる。

く「狼眼流左近《ろうがんりゅう》」は、人面狼之助《ろうのすけ》を名乗る兵法者の邪剣ぶりが先《ま》ず描かれる。地摺りの構えから、相手の咽喉を突く迅業は、山中の餓狼を対手に自得したものであった。人面狼之助の本名は松葉左近。元武士で、主家が滅亡した折、主君の息女を背負って炎上する城から脱出し、妻とした。その妻を奇妙な見世物にして、銭を得ている。そんな狼之助の邪剣に、上泉信綱《かみいずみのぶつな》の甥で新陰流《しんかげりゅう》の奥義をきわめた疋田文五郎《ひきたぶんごろう》が立ち向かう。邪剣と正当の剣の闘いである。

「一の太刀《ひとつ》」は、戦乱の世をおのれの剣のみに生きた剣豪・塚原卜伝《つかはらぼくでん》の生涯を描き出している。その八十年の生涯に、偽剣、真剣を合わせて戦うこと百余度、しかし戦功譚《たん》や逸話はほとんど残さなかった天涯孤独の兵法者の「一の太刀」についての、柴田錬三郎の独特の解釈を楽しむことができる。石工《いしく》が石の目に鎚をあてて造作もなく石を割るのを見て翻然と悟ったことが、この剣法を編み出すきっかけとなったことが辿られている。卜伝流は、非常に形而上学的な悟りに悟達した当人のみ能《よ》くする孤独の剣法で、そのまま伝承される性質のものではなく、「迷うこと、迷いを切ること、切れぬ迷いにまた迷うこと」の連続によって完成されていった、とみなす柴田錬三郎の鋭い洞察は説得力に富んでおり、うなずけるところが多い。

「柳生五郎右衛門」は、柳生石舟斎宗厳《せきしゅうさいむねよし》とその四男・五郎右衛門の父子の物語。蟻の行列をあかずにながめている十二歳の少年の描写から始まり、柳生家の先祖のこと、足利将軍義輝《よしてる》のこと、宗厳と北畠具教《きたばたけとものり》、塚原卜伝の関係などの逸話を挿入して、宗厳が柳生新陰流を創始する過程がたどられていく。無刀の術に対する上泉信綱と宗厳の逸話も描かれている。宗厳が十四歳の五郎右衛門に授けた「刀盤《つば》の法」の秘伝、伯耆国《ほうきのくに》飯山城の落城に際して柳生流古勢「逆風の太刀」で魔神にも似た凄まじいはたらきぶりを示した五郎右衛門の壮烈無比の最期など、父に劣らない五郎右衛門の剣の道の厳しさにも触れている。信綱が柳生の庄を訪れた折の逸話は、エッセイ「武蔵・弁慶・狂四郎」にも紹介されており、虚と実の剣の業のことや眠狂四郎の円月殺法《えんげつさっぽう》のことなどに言及した上で、「所詮、剣豪小説というものは、実在の剣豪とは、無関係のもののようである」とも記しており、本書の剣豪たちと照応すると興味深いものがある。

「月影庵十一代」は、羽後秋田で大肝煎《おおきもいり》大庄屋の格式を持ち、近村十数か村を統《す》べる新波家の第十一代源之助の特殊な剣法の秘法がどうやって編み出されたものなのかを、作家である「私」が夢見ることでたどられていく。源之助が少年の頃からの兵法の修業のさまが次々と走馬灯のように「私」の眼前に展開されていき、源之助の墓の周囲に七基の佐竹藩士の墓があることの謎が推理されていく。江戸の剣客との立ち合い、地摺りの剣、地にひそんだ守りの剣の極意など、源之助が独り学んで特殊の秘法を編み出していく過程を、作者が物語の中に入り込んでナレーターをつとめる形で描き出しており、小説手法において、特異な存在となっている。こうした手法にプラスして、主人公の行動をめぐる謎解きというミステリアスな要素、この二つがこの短編を特異な存在にしているのである。

「花の剣法」は、四国の小さな藩の無役にひとしい家に生まれ、十三歳から剣の修業を始めた浅利左馬助のその後の頭脳プレー的な剣技を綴《つづ》っている。三島宿と江戸・回向院《えこういん》境内の勧進相撲で見せたすばらしい迅業のさまを描いた前半部に対して、西国の大名の留守居に頼まれて奥女中の中から女間者《めかんじゃ》を見つけ出す捜査方法が面白い後半部と、異なった楽しみがある。

「邪法剣」は、剣聖・上泉伊勢守信綱が第十三代足利将軍義輝に「無敵を誇る者の剣を、いかに弱くするか」を説く武芸譚。左脚に足駄を履いて跳躍で対手の意表を衝《つ》くアクロバティックな邪法剣をふるう足駄の化物・八代《やしろ》の佐《すけ》と信綱の甥・疋田文五郎との闘いの模様が描かれていく。八代の佐は、その後、信綱の門下で正法の修業を重ね、丸目蔵人《まるめくらんど》と名乗る。太舎流《たいしゃりゅう》の創始者である。

「梅一枝」は、小諸藩士の山口源吾が剣に生きるさまを描いたもの。数奇な出生にまつわる暗い無常感と左半身の「三絃の構え」の秘剣との関係がとらえられており、眠狂四郎の内面を思い起こさせる面白さがある。文久元年（一八六一）の水戸浪士たちによる高輪東禅寺《たかなわとうぜんじ》の英国公使館斬り込み事件で、翌年、幕吏の松平大炊頭《おおいのかみ》と水戸へ派遣された源吾は、水戸城内で大小を預けて仏間に入ったところを襲われる。源吾は咄嗟《とっさ》に梅一枝を手に応戦する。刺客の一人が、物語の冒頭部に登場する若い武士で、その姉の死がラストで源吾の運命に絡む、という凝ったひねりとなっており、柴田錬三郎の小説巧者の面を存分に示している。

「生命の糧」は、室町時代前期の物語。信濃の土民・茂平は、小笠原長秀が信濃の守護役として善光寺に乗り込んで来たのを機会に志願して、長秀の侍大将杉谷弥十郎の足軽となる。さむらいになりたい一心で足軽になったものの、合戦に出て悲惨な目に遭う。女房が持たせてくれたお守り袋の中身に気づいて、自分にとって真に大切なものは何であったのかを悟る。出世欲にかられた男を黙って見守るしかない女の哀しさが、作品の根底に流れている。

本書の各話には、剣の修羅場がたっぷりと盛り込まれている。主人公の剣のありように絡む周囲の人物たちとの人間関係は、それを長編で読みたいと思わせるだけの深さがある。短編小説の卓抜した技法を駆使した物語展開の巧妙さ、ストーリーテラーとしての才筆ぶりを、存分に楽しむことができる。

本書は集英社文庫オリジナル編集です。

初出
斑三平　週刊朝日別冊　一九六一年五月号
狼眼流左近　初出誌不明
一の太刀　小説公園　一九五六年六月号
柳生五郎右衛門　週刊読売　一九六八年十二月六日号〜二十七日号
月影庵十一代　週刊読売　一九六六年六月十日号〜七月八日号
花の剣法　週刊文春　一九六一年四月十七日号
邪法剣　オール読物　一九六九年一月号
梅一枝　オール読物　一九六一年五月号
生命の糧　小説新潮　一九六二年一月号

〈読者の皆様へ〉

本作品には「片輪」「癩」「傴僂」「跛」などの身体障害者に対する、またハンセン病患者に対する差別語や、これに関連した差別表現があります。これらは差別を拡大、助長させる言葉で現在では使用すべきではありませんが、本作品が発表された時代（一九五六年～一九六九年）には社会全体として、人権や差別に関する認識が浅かったため、このような語句や表現が一般的に使われており、著者も差別助長の意図では使用していないものと思われます。また、著者が故人のため、作品を改変することは、著作権上の問題があり、原文のままといたしました。

（編集部）

集英社文庫

柴田錬三郎の本

好評発売中

新編 武将小説集
かく戦い、かく死す

斎藤道三、明智光秀、直江兼続、豊臣秀次……戦国史を彩る武将たちの印象的な生きざまに、著者独自の視点からアプローチ。短編小説の面白さと醍醐味が満喫できる作品集。

集英社文庫

新編《しんぺん》 剣豪小説集《けんごうしょうせつしゅう》 梅一枝《うめいっし》

2008年 8 月25日　第 1 刷　　定価はカバーに表示してあります。

著　者　柴田錬三郎《しばたれんざぶろう》

発行者　加藤　潤

発行所　株式会社 集英社
東京都千代田区一ツ橋2-5-10　〒101-8050
電話　03-3230-6095（編集）
03-3230-6393（販売）
03-3230-6080（読者係）

印　刷　大日本印刷株式会社

製　本　ナショナル製本協同組合

フォーマットデザイン　アリヤマデザインストア　　マークデザイン　居山浩二

ISBN978-4-08-746341-5 C0193